你来人间一趟
总要活得漂亮

九北鱼 ◎ 著

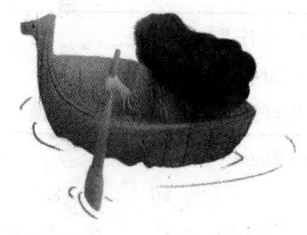

台海出版社

图书在版编目（CIP）数据

你来人间一趟 总要活得漂亮 / 九北鱼著. —北京：
台海出版社，2020.1
ISBN 978 – 7 – 5168 – 2455 – 9

Ⅰ. ①你… Ⅱ. ①九… Ⅲ. ①散文集 – 中国 – 当代
Ⅳ. ①I267

中国版本图书馆 CIP 数据核字（2019）第 229474 号

你来人间一趟 总要活得漂亮
NI LAI RENJIAN YI TANG ZONG YAO HUO DE PIAOLIANG

著　　者：九北鱼

责任编辑：员晓博　　　　　　装帧设计：米　乐
版式设计：米　乐　　　　　　责任印制：蔡　旭

出版发行：台海出版社
地　　址：北京市东城区景山东街 20 号　邮政编码：100009
电　　话：010 – 64041652（发行,邮购）
传　　真：010 – 84045799（总编室）
网　　址：www. taimeng. org. cn/thcbs/default. htm
E – mail：thcbs@ 126. com

经　　销：全国各地新华书店
印　　刷：三河市人民印务有限公司
本书如有破损、缺页、装订错误,请与本社联系调换

开　　本：880mm × 1230mm　　1/32
字　　数：200 千字　　　　　印　张：8.5
版　　次：2020 年 1 月第 1 版　印　次：2020 年 1 月第 1 次印刷
书　　号：ISBN 978 – 7 – 5168 – 2455 – 9
定　　价：42.00 元

你来人间一趟
总要活得漂亮

目 录
CONTENTS

一 愿你以梦为马，不负韶华

目 录
CONTENTS

你来人间一趟
总要活得漂亮

目 录
CONTENTS

三　愿你抛掉桎梏，　向阳生长

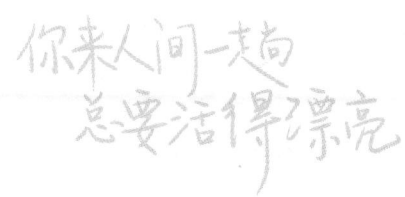

目 录
CONTENTS

四　愿你日益努力，风生水起

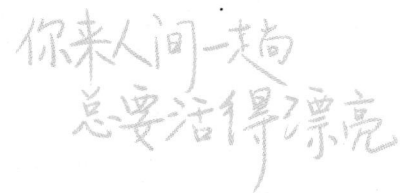

目 录
CONTENTS

五 愿你一生被爱， 一世可爱

愿你以梦为马，
不负韶华

所谓成长，便是学会告别过往

1

　　"长大"这两个字，连偏旁都没有，看着就孤独。

　　小孩有小孩的梦想，老人有老人的归宿，我们把天真留给童年，把安稳留给暮年，到了少年，只能靠着一腔孤勇和满目彷徨和这世界周旋。

　　都曾是那个在阳光下笑得无所畏惧的少年，也终将成为身处人潮汹涌中挑着眉满眼心酸的大人。

　　就像村上春树写的一样：你要做一个不动声色的大人了，不准情绪化，不准偷偷想念，不准回头看，去过自己另外的生活，你要听话，不是所有鱼都会生活在同一片海里。

　　不是所有鱼都会活在同一片海里，也不是所有人都能和你同行，很多路，只能自己走。

2

　　我的小学生活并不是很顺利，在九岁那年到一个陌生的工业城市生活，满目是高筑的工厂和烟囱，空气里常年弥漫着硫酸和煤炭焦化的气味。

　　语言不通，人言不懂，我成了班级里被孤立的学生，那时候我每天做得最多的事情就是哭泣，在父母下班回来之前，对着飘雪花的电视机屏幕在潮湿的出租屋里哭得撕心裂肺。

　　我不懂人为什么要选择漂泊，为什么要放下现世安稳选择远走他乡，为什么要接受陌生的事物来让自己难受。

　　直到我的学习成绩有所提高，直到老师把大队长的袖章挂在我的肩膀上，我才明白，很多东西之所以发生是为了让你成为更好的自己。就像我学会了融入别人的圈子，成为班级里受人欢迎的学生干部，开始成为运动会和国旗台上唯一的演讲员。

　　年少是一枚利器，让你一面锋芒毕露一面被打磨，我们会感谢当年那个无所畏惧的自己，也会安抚如今肩负重担的自己。

　　什么是年少，是避世更要在世上。

　　是无能为力也要负隅顽抗。

3

一位朋友曾经私信和我聊天说，他十六岁那年，因为调皮捣蛋，学习成绩一路下跌，后来无法继续学业，听家人的话选择了当兵，然而到了部队，生活并不比当学生轻松，他从一个愣头青彻底脱胎换骨，经历过生死考验，目睹并参与过枪决犯人，享受过鲜花、掌声和考验后，十八岁的他又懂得了学习的重要性。

后来，在一腔努力下考取了军校，毕业后工作相对顺利，他给自己的人生交了较为满意的答卷。聊天的最后，他感叹，自己才刚刚三十岁，可感觉一切才刚刚发生，还来不及感悟，已经老了。

或许男生对于这种少年成长的感觉更为深刻，但我们无法否认，每个人从那段黑暗又闪烁着破碎星光的日子里走过来，有多么不易和匆忙。因为曾经不留余力过才会寄予厚望。

很多攥在手里的时光会在无形之中随风消散，很多事情我们来不及多想就已经发生，年少衣衫薄，春日明媚也短暂。

每每看到毕业季的话题就会泪目，有人问：你知道什么时候最难熬吗？

有人回答，从学校过渡到社会，来不及有一份体面的简历就要涌入求职大潮的时候，看到喜欢的人和异性甜蜜的时候，来不及处理清楚彼此的关系就要对影成三人的时候，或是一个人面对黑暗恐惧、面对无助绝望时，亲人朋友们并不知道你在经历什么，甚至会挑着眉说几句事不关己或落井下石的讥言的时候。

当你渐渐熬过这些时候，你会变成另外一个人，这大概就是成长，就是一次次在薄暮和清晨里与年少挥手道别，一路洗净风尘，归来仍是少年模样。

岁月会带来皱纹、白发和肚腩，但一定带不走你我心中那个风马少年。

陈鸿宇在《一如少年模样》里唱：多少薄凉世态可动荡，还有孤独要顽抗，多少遗憾自负存念想，唯有时间不可挡。

当曾经的希望和绝望被无情碾压，当我们不得不学会面对，能做的，就是拍拍衣袖，继续向前。

4

前几天因为去驾校我坐了很早一班公交车，空荡的车厢里只有我和一个背着包的年轻男子，他衣服的款式很旧，像是经过多年的水洗，背着的包是用粗布编织的，一双黑帮白底的家做布鞋，崭新的白边在晨光里闪着莹莹的光，他拨打了一个电话，口音我并不太懂，大意是：钥匙在抽屉里，你要照顾好孩子。

该有多舍不得，才会选择在白昼之前离去，隐去悲伤和离别，我突然懂了九岁那年自己的迷茫，为什么有的人要选择远走他乡，要负隅顽抗。

就像我刚读大学时的一天夜晚，蹲在万达广场角落散着行李抱头痛哭的模样，世人皆繁华，唯你藏凄凉，这是年少必经的路。

沈从文说，在春天，去看一个人，愿你在历经所有的世事沧桑后，忍受了所有的孤苦无依后，渡过了无数个泪往肚里流的夜晚之后，内心仍然充满积极向上的希望，依旧拥有疯狂爱一个人的力量。

成年需要数十年，成长却在一瞬间，在没有老去之前，该认真地年轻。

当浓烟散尽，你是否还记得仲夏夜里，那个扬言要走遍世界的迟归少年。

人间黄沙漫天烟波浩渺，此去天地混沌前途未卜，归来时，洗去风尘烫一壶老酒，记忆中年少并未走远。

来日方长，要爱你现在的时光

1

　　昨天晚上，小水给我发了一条长长的微信，说她觉得现在的自己活得很累，感觉越是努力，想要的东西越遥不可及。

　　小水是我的高中同学，高中那会儿她就是个好强的女生，任何事情都要做好，为自己的以后有所打算。上了大学后，小水接触到微商这个行业，她常常看一些年轻大学生或者宝妈分享的视频，讲述他们是如何通过微商这个行业做到月收入过万元，小水心动了，后来，在一个护肤品代理那里，她花一千多元自己买货，成了线下代理。

　　至此，我的朋友圈又多了微商小水，她每天用宣传语和情感语录占据着朋友圈。可好景不长，她的朋友有限，客源没自己想的那么广，小水自己搭进去的几千元几乎都打了水漂儿。

　　小水不敢和家里人说，只好自己在生活费里攒着还给别人。她在发的那条微信消息里问我，为什么成功的人那么多，唯独没有自己？她好讨厌一事无成的自己。

你渴望提前迈入成功人生，那你具备成功的资格吗？

白岩松曾在内蒙古老家的讲座中被一位坐在最后的同学提问："白老师，你坐在主席台，我坐在最后一排，我什么时候才能到你那个位置呢？"

白岩松告诉他："老弟，角度不同，在我的位置上，你在第一排，你有无数条路可以走到这儿来，我再也找不到一条可以走到你那儿去的路。是我该羡慕你，还是你该羡慕我呢？"

怎样过你此时此刻的青春？

此时此刻是什么？就是做你该做的事情。

大学生最容易随口提及的词语就是迷茫，我也是。因为没有固定目标却有大把的时间，所以才会迷茫，因为我们内心给自己设定的目标让我们难以开头，所以不知所措。

青春也好，暮年也好，都有属于自己该做的事情。与其羡慕富人腰缠万贯，不如想想怎么能在期末考试得高分。

2

Y同学是我曾经的朋友。

疏远的原因是她太过虚荣。之前和她逛街时她必去奢侈品店，各种大牌都要逛，却从来不买，然后碎碎念："这个月生活费有点紧张，下次再来买。"

可据我所知，她身上的衣服并没有比我的贵多少。走在马路上，她会讨论哪个车值多少钱，哪个女生背的包是某品牌的新款。她永远在追求不属于自己的东西。

一个虚荣心太强的人是不会快乐的，因为他们总在意别人的生活，麻木了自己。

再后来，近两年不联系的她突然给我发消息，原因是生活费不够了。让我不禁惘然，她那些年里的虚荣做作到哪里去了呢？

《谁的青春不迷茫》里曾说，那么多的年轻人都等待着被驯养，他们忘记了二十岁的自己正是发芽壮大的时期，忘记了自由不羁才是受瞩目的资本。

还有这样一群人，像六六一样。六六因为高考时发挥失常进了一所二流大学。没有想象中的象牙塔生活，六六连高中时的住校行李都没更新就直接搬到了大学里。

对现在的生活失望是一种怎样的感觉？

六六不喜欢系里的老师讲课，在环境的影响下越来越堕落，她还是常常埋怨自己为什么会考到这样一个学校，可大学生活过了一半后她发现，同级的学生都有所打算有所收获，而自己除了埋怨一无所获。

六六一直没发现，她沉迷于自己过去的努力和未来的无望，而忘了当下的努力。她等待着救赎，却忘了自救。

3

我也曾害怕不能得偿所愿，也期待被救赎，却忘了自己资本的难能可贵。因为年轻，不怕失败，不怕失望，所以，你一定要爱你现在的时光。懂得在最好的年龄里做最对的事情。

史铁生曾说过一段话：当四肢健全、可以随意奔跑时，常抱怨周围环境如此糟糕，有一天突然瘫倒了，坐在了轮椅上。这时候又抱怨怎么坐在了轮椅上，于是怀念当初可以行走、可以奔跑的日子，他才知道那个时候多么阳光灿烂。又过了几年，坐不踏实了，长褥疮了，又开始怀念两年前可以坐在轮椅上不那么痛苦的时光。后来有尿毒症要透析时又开始怀念儿时的时光。

为什么不去珍惜当下而是做无谓的幻想呢？来日方长，我们不该失望，更不该狂妄，爱自己现在的时光，总有一天，你会如愿成为你喜欢的模样。

熬过去你就会发现，其实真的没什么

1

痛苦的日子就像晴天中突如其来的一场骤雨，早有准备的人感叹幸好未雨绸缪了，尚未准备的人只能被浇得劈头盖脸，而我们常常是那个被淋湿的人，停留在属于自己的年龄阶段，固执地认为这便是人生中最大的苦难。

真的苦吗？真的，甚至是绝望。我们活在这个时代，一直以来与读书为伴，它让我们被批评指责也让我们收获成就，让我们以最低成本的方式跨出阶级差异的同时也担负着不堪的重负。

我一直很关注一位学姐的考研情况，因为怕影响她的情绪我一直没敢问她考得如何，复试成绩出来后，很多人都晒出自己的考研历程，唯独她没有任何动静，后来她发了一张朝阳的照片，说：感谢自己。

我知道她是同自己和解了，和那个为了考研剪掉长发卸了妆的自己，和为了考研朝五晚十二的自己，和解了。

我问她打算再考吗？

她倒是释然，笑着说："先工作吧，再考考公务员，一条路走不通，总有另一条路可以走啊。"

生活给我们设置了重重阻碍，但并没有将我们的生活堵死。反观曾经那个认为输了就丢了全世界的自己，我们会嘲笑当年的脆弱，也会感谢当年脆弱中的勇敢，再痛苦的事情，熬过去就没事了。

2

我在读高三时的日记本里写道：高考成功就是生，失败就是死。

把高考定义为生命的全部也实为愚蠢，但那时候的我就是这样想的，试卷一套接着一套做，课间时间永远是学习委员在发新的试卷，老师的口头禅都改成：同学们，打起精神来，再坚持一下。

我数学差，为了不拉分去上补习班，十一点的冬夜里，我在马路上飞快地蹬着自行车，因为怕，更因为想回去再看看书。有一次突然降温，我只穿了件单衣服，下课后同学们陆续离开了，忘了自己是怎么挣扎着回去的，只记得第二天醒来我的腿生疼，那时候啊，我真的很想问问这生活，不过是一场考试，为什么要让我们承受那么多。

带着畏惧和挣扎的心情走过整个复习阶段，上考场那一刻却是极为平静的，在考试前一天，我和朋友雪碧聊天，她问我："考完后要干什么？"

"吃喝玩乐。"我回答。

那些踩着破碎星光，就着微弱梦想的日子终会过去，无论它带给我们怎样的成就、遗憾，感动还是心酸，它终会过去，就像生老病死、叶落归根一样自然。

我们可能会老去，但那些自己用命熬过的岁月是不会老去的，当你经历过之后，就会懂得，其实也没什么。

3

电影《摔跤吧，爸爸》里吉塔和妹妹从小肩负着父亲的摔跤梦想，早晨五点起床训练，不能吃自己喜欢的零食，不能穿好看的裙子，剪掉心爱的长发。她们反抗过，在深夜哭过，不能理解自己为什么不能像同龄孩子一样有一个自在的童年。

可当吉塔站在领奖台上那一刻，她体会到一种名为荣耀的感觉，当初所忍受的痛苦和流下的汗水，都成了她长大后的财富，她懂得摔跤改变了自己早嫁的命运。

熬过了，就是胜利。

很久之前在一个论坛看到过一个话题：你人生中最艰难的时刻是什么时候？

有个女孩说是在初中的时候，因为长得不好看被孤立，很长一段时间，要一个人吃饭，一个人做操，一个人放学回家，被嘲笑被排挤，那时候她就在想：好长好长的青春，漫长而没有光。

有的人的青春明媚阳光，有的人的却晦涩阴暗。不是我们不够好，是我们的人生在那个阶段糟糕一点而已。

还有一位作者说，创业的时候最艰难，公司快撑不下去了，合作伙伴纷纷离开，母亲还得了绝症，他带母亲离开上海去广州求医，白头发在一夜之间疯长。尽管有些事情是我们不愿意面对的，但也要坚持下去。

就像他说的一样，人生总会遇到一些关键性的困难或者说人生的转折点，跨过后就是坦途，跨不过去，就一辈子困守在原地。

生活本来就是一场情景剧，起承转合和悲欢离合在所难免，如果正在经历，请不要放弃，如果曾经经历，请不要忘记。

4

五年级那年我转学到一个合并中心学校，这里集合了五湖四海的孩子，同班里有一个来自湖北的男孩，他有两个外号，一个是小湖北，另一个是小瘸子。他个子不高，因为患有小儿麻痹更显得瘦小，病痛是先天性的，令他走路都费劲。

有长达两个月的时间都是他妈妈背着他下楼，后来同学之间熟悉了就搀扶着他，他性格怪僻、喜怒不定，不但不感谢帮助他的同学，有时候还口吐脏话，体育课时他总是一个人坐在小沙堆上用手扬沙子。

时隔多年我回忆起这个特别的少年，突然理解了他当年与年龄不符的乖张和孤僻，苦难是能让一个人迅速成长的东西，在无法理解无法反抗之时，我们能做的只有无声承受。

中心街的位置有个卖袜子的老头，十元三双，比起其他同等价位的商贩，我一直觉得他卖的袜子不好看，春夏秋冬就那么几个样式。

发现他的秘密是在一次周末逛街时，天气降温伴有大风，他裹着棉大衣坐在湿冷的地上，连眼眸里都含着岁月的褶皱。我依旧像往常一样穿过地下通道口，他似乎要换个地方，在站起来那一刻，我羞耻于自己当初的想法，那是一双患有小儿麻痹的腿，已经萎缩到皮包骨的状态，他颤颤巍巍地推着那个小车往前走，旁边卖水果的男人喊道："今儿这天气还出来啊。"

他反倒笑着答道："能挣一个是一个啊。"

不知道他的故事，但那个笑容足以证明一切。

多像我们，年少的我们和成人的我们，正在经历痛苦的我们和懂得长久忍受的我们。

人生在世，有时候真的像那句歌词唱的一样：他说风雨中这点痛算什么，擦干泪不要问为什么。

史铁生在《病隙碎笔》中写道：人不可以逃避苦难，亦不可以放弃希望——恰是这样的意义上，上帝存在。命运并不受贿，但希望与你同在，这才是信仰的真意，是信者的路。

其实每时每刻我们都是幸运的，因为任何灾难的前面都可以再加一个"更"字。

那些你用命和信念挺过的日子终会过去，熬一熬，真的没什么大不了。你要知道，经年之后你定会笑谈如今的自己，总有人以肩窝盛满你的泪水，总有时光以钝刃镌刻你的过往。

之所以那么努力，是因为我想要的都很贵

1

昨天和一位朋友聊天，说起平时买东西的习惯。

他和我讲，前段时间他狠下心来买了双某品牌的经典款帆布鞋，还是网店打折时买的。

其实当很多人对某些东西习以为常的时候，还有一些人达不到那个高度，这之间存在的东西，是差距，消费差距，贫富差距。

我和他讲，我平时也不穿名牌，就是逛街看着顺眼，价格也不错的就行。

我们都是望着天空举步维艰的人，但除了前行，别无选择。我很怕十年后的我，会成为自己很不喜欢的样子。作为一个九五后的女生，我有些内向，还带着自卑，也曾经抱怨过自己的家庭为什么不能给予和别人一样优渥的环境。

可现在，我似乎懂了，小时候的差距是家庭造成的，可二

十岁以后，很多事情要靠你自己，只有你比别人努力成百上千倍，才有微小的机会和他们并肩。

上中学时，同学们在班级里穿一样的校服，看起来并无差距。

第一次感受到这个差距带来的恶意是在初一那年，体育课上老师要求大家排队站好，有个女孩不小心踩了前面那姑娘的白鞋，她还没来得及道歉，前面那姑娘就回过头来劈头盖脸地骂了一通："你知道这鞋多贵吗？踩坏了你能赔得起吗？"被骂的女孩垂着头没说话。周围好心的同学劝开了这件事。

你凭着先天带来的优势就能对别人呼来喝去？而受害者内心深扎着自卑只能保持着沉默。

我用的东西很多都是便宜货，比如超市买一赠一的牙膏，网上打折的护肤品，用优惠券买的衣服，甚至吃饭都要盘算一下怎样搭配便宜。

这样做累吗？很累。委屈自己从来不是一件舒服的事。

2

作为一名小小的无名写手，我也有自己期待的样子，也想有一天能凭着写文过自己喜欢的生活。有一位很优秀的作家坦白说：我写作的动机，就是高中那年看上了一双耐克的篮球鞋，可我的家庭没有多余的钱来支付，所以我就只能靠着不断的投稿来获取稿费，当我如愿得到那双鞋时，我真的很开心。

我们还年轻，可能会和一些同龄人有很大的差距，可如果不努力，在五年甚至十年之后，我们可能连和他们并肩的勇气都没有。

曾经有一段时间，我为了能出去旅行熬夜码字攒钱，当最平凡的写手，赚来稿费，虽然钱不多，但以量取胜。

我不知道是不是我能力太差，可能同龄人能轻松让自己经济独立，可我真的很吃力，所以一直在用很笨的办法让自己变得不那么平庸。

前几天看一位好友发她在厦门海边的照片，穿着我提议让她买的碎长裙。

那个和我们相距整个中国南北距离的城市，是她从中学时就向往能去一趟的地方，我知道她整整上了一个月传菜夜班，赚来了不到三千元，外加自己攒的钱，才踏上去厦门的火车。

辛苦吗？辛苦。但是很值得。

那些别人说走就走的旅行，说买就买的物品，我们可能要下很大的决心，付出很多的努力才能换来，因为并不优秀，所以只能付出更多。

电视剧《春风十里不如你》里面的小玉让我印象深刻。

因为出生农村，她和室友有着深深的隔阂，她不懂为什么她一个全县第一的优秀生成了她们眼中的差生，也不懂自己引以为傲的英语怎么成了她们嘲笑的梗，小玉成了集体里的异类，她拼命背英语词典考 GRE，她用退学后的努力证明了自己。

地域和家庭带给我的创伤并不是无法改变的，而我们要付出比别人多的努力，才能换来一个再普通不过的人生。

3

在超级演说家里，刘媛媛在《寒门贵子》的演讲里说：如果你充满抱怨，那你就是抱怨的一生，如果你不断改变，那你就是改变的一生。

我们大多数人可能不会刻意用膨胀的虚荣心去攀比，但我们必须承认，有人出生时就含着金汤匙，而有人出生后连爸妈都没有，因为普通，才要更加努力。

努力没有捷径，所以，在还能有大把的时间来努力的时候，千万不要堕落，我们已经和别人有了很大的差距了，不能让它变成无法逾越的鸿沟。只有万分努力，才能换来体面，才能毫无顾忌地过想过的日子，去遥远的地方，过一个不留遗憾的人生。

二十多岁的年纪，要给"酷"重新下定义

1

很喜欢三毛说过的一段话："我们三十岁的时候悲伤二十岁已经不再回来。我们五十岁的年纪怀念三十岁的生日有多么美好。当我们九十九岁的时候，想到这一生的岁月如此安然度过，可能快乐得如同一个没被抓到的贼一般嘿嘿偷笑。岁月极美，在于它必然的流逝。"

我们所处的每个人生阶段，都是终将流逝的岁月，所谓的意义，大概就是一袭积满灰尘的袍子上的金丝勾线。

"酷"这个字像空中浮木，看似触不可及却真真实实地存在，年少时候觉得它遥远，是因为与自己格格不入；后来才懂得，那些让人耳边生风心里长草的东西，就是"酷"。

2

昨天下午小姨带我出去吃饭，知道我最近在学习后，便开导我压力不要太大。我看着她脸上泛着淡粉色光彩，一个人的幸福指数往往很容易表现在面部状态上。

"最近工作忙吗？"我边剥虾边问她。

"我这东一榔头西一榔头的，还好。"小姨似是自嘲地说了一句，我知道她又给自己"置办"了新工作。

说小姨不安分尚不合适，一个平平凡凡的小镇姑娘，父母都是小商贩，毕业于当地的一所普通学校，没有优于别人的起点，"安稳"这个词她比谁都懂。

大学毕业后小姨考上了公务员，她学财务，在当地村镇里被安排当财务所所长。

"这个名字听着挺厉害，其实没什么权，我就是一个小职员。"小姨笑着说。

亲戚都是乡下人，好不容易有一个当了官的大学生，自然高兴，有些向来不联系的也跑去她家探望，用小姨的话讲，就是风光。从一个灰头土脸没人在意读几年级的小女孩突然成了有官有职的公务人员。

"那几年，我觉得我父母腰板都直了。"

可这样一个铁饭碗，小姨却辞了，家里的人百般阻挠，却没能改变小姨的决心。

"我真的受不了那样的生活，冬天里男人们挤在办事大厅抽烟，倒踩着鞋后跟。虽然日子悠闲，可是一个没有晋升的职位让我觉得可能永远就待在那个村镇里了。"

出来工作后的小姨面对的是更多的磨难，连续加班，眼睛熬到发炎，从小员工升到主管。她兼职做私人财务，又开了无人经营商店，虽然孩子刚上学事情比较多，但丝毫不能击败她对于生活的热情。

记忆中她和我说过一句话："以前我自卑，觉得自己毫不起眼儿，在人后默默努力，可时间真的会筛选，能让你抬头挺胸的人只有你自己。"

小时候会觉得平淡的人生可真无趣，要跌宕起伏才有意义，可当我们真正单枪匹马去走这条路时才会懂得，真正酷的人生不是有多跌宕，而是有多平淡，在平淡中发现自己，忠于自己，塑造自己。

3

这个假期我的朋友圈里频繁地出现一个女生，她朋友圈发的实在频繁，我却讨厌不起来，每一条都认认真真地去读，每一条都透露着她的乐观和努力。

这个大我一届的学姐是山东师范大学的准研究生，她和我讲述了她考研的经历。

自己本科读的是生物学科，因为太害怕做生物实验决定跨考法硕，当时身边的老师都反对她，甚至有些鄙夷，一个学理科的人跑去跨考法律。她常常在教学楼大厅里背书，老师路过时便会说："又背呢？"

说不出是什么意味的语气，但听着让人很不舒服。

活得酷之前的人生总是很苦的，似乎所有人都在反对，连室友都觉得她心比天高。

"虽然被调剂了，但我还是很满意。"她笑着说，露出两颗小虎牙。

4

酷是一粒种子，需要播种和灌溉。

我想起了高中时班里的一位男同学。

他皮肤黑黑的，说话时眼神总是看着对方的下巴，在飞扬跋扈的青春年代里，他很特别，特别土。但他是我见过最用功的男生，永远端端正正坐着，英语是弱项便在下午上课之前早早去班里刷题。他说话很慢甚至有些不伶俐，一次数学课上回答问题时他急得面红耳赤也未能说出个缘由，数学老师的一句调侃引得同学们哄堂大笑。

那么朴实甚至有些笨拙的男生在三年后，让所有人都刮目相看。

不仅仅是他去南方名校读书养白了的皮肤，更是他的心胸和谈吐，还有自心底散发出来的气质。

有一次看到他的朋友圈，讲述了自己上台演讲的经历，他穿着白衬衣，大方自信地对着镜头笑着。

没有谁能决定当年那个回答问题都结巴的男生不能成为舞

台上的演讲家。

读大学的这几年里，他的假期总是忙碌的，忙着实习忙着学习，忙着成为他自己想要成为的人。

他在青春里默默生根发芽，用开花结果来给自己的酷下了定义。

越长大越发现，善良和努力才应该是酷的标配，你走路带风不是因为穿着光鲜面容靓丽，而是你拥有在这个社会立足的本领和走向那里的决心。

5

甚是喜欢《白日梦想家》这部电影，男主人公沃特在自己胶片洗印经理的职位上工作了十六年，他内向，却拥有着许多大胆的梦想，最后在母亲和谢莉尔的鼓励下去付诸实践，他在冰岛的马路上滑长板，在大海里鲸口脱生，去看火山爆发，登上喜马拉雅山脉山巅。人生就像是一场场白日梦，没有实现时只是黑白胶片，当脚下生风之时，它便成了彩色的。

十六七岁的时候，觉得酷是个形容词，它代表着篮球场上会投三分球的帅气，代表着迟到早退夜不归宿的叛逆，它是淡渺盘旋的烟圈，是黛色隐现的文身和唇齿间辗转的爱意，它是青春缝隙里让人向往又畏惧的存在，有风便能腾飞。

现在倒觉得酷是个名词，是屏蔽别人的口舌活得像自己，是忠于内心的选择和不留余地和生活死磕到底，是养得起自己也照顾得了别人，口袋有钱，生活有闲，活得通透明了。

　　有时候我会翻翻江一燕的公众号，她应该是最不像明星的明星了，没有花边没有绯闻，闲暇的时候写写文字或是去旅行，隔段时间就会组织公益活动，在她的文章里，我看到的是一颗对生活充满热爱和敬畏的心，淡然处世，一生悦己，这大概是她对酷最好的定义。

　　我们来这世上一遭，要走路带风，要活得像自己，要洗去那些灰头土脸的岁月，在有光的地方肆意生长。

每个人的低潮期，都是在月光下披荆斩棘

1

　　该怎么形容低潮期，像是在梅雨季节里一床经久不干的毛毯，它饱含着整个夏日空气的潮湿和绵密，让人觉得沉重无力，想要逃离却又被紧紧缠绕。

　　《癫痫》的词曲人黄雨篱在网易主页里写道：那个阴沉的下午已经离我很遥远了，脑子还是会时常短路，肚子上也留下了一道伤疤，但是我很感激命运将我带离了那段沉滞的时光，让我能够在这里平静地讲述那些毫无逻辑的情绪和臆想。

　　生命之所以拥有低潮，是因为还在不断奔腾，而那些不断发生的不尽如人意或始料未及，就像歌里写的那样：

　　是透明的微风里突发的癫痫，是非不分的一天。

2

你今天是笑着度过的吗？

这是我在某问答上面看到的一个问题。热门评论里有这样一个回答：是笑着的，但不是快乐的。

笑并不都是发自肺腑，那些裹着沉重的悲伤的笑有时候看起来更像是一根无形的针，疼痛的何止是体肤。

凉是我的小学同学，爱笑爱闹，怎么看都是个活泼的人，自打初中后我们再没怎么联系，只知道她去读了职业中学，后来又辍学，去外地打工。再后来，我听说她得了抑郁症，一直在靠药物调理。

我从来没想过那么乐观的一个姑娘会与抑郁症有瓜葛。

凉的父母好赌，败光了家里值钱的财物还有房子，凉是迫不得已才选择了辍学打工，工作换了一个又一个，她太善良总被欺负，工资被黑心老板拖欠，满心欢喜地恋爱，却爱上了一个渣男。

生活就像一个多棱角的玻璃片，它才不会管棱角正对着的是小孩还是成人，所以我们才会被无数次中伤。

不知道凉现在康复得怎么样，被情绪的重负击垮，她经历的低潮期长达数年。

有时候，能够救赎我们的只有自己。

毕淑敏在《泥沙俱下的生活》一文中这样写："你有一千

种可能性会死，比如雪崩，比如坠崖，比如高原肺水肿，比如急性心力衰竭，比如战死疆场，比如车祸枪伤……但你却在苦难的夹缝当中，仍然完整地活着。而且，只要你不打算立即结束自己，就得继续活下去。愁云惨淡畏畏缩缩的是活，昂扬快乐兴致勃勃的也是活。"

3

之前在知乎上看到过一位作者的留言，他说自己人生中最黑暗的时期是在创业那几年，创业失败，合伙人逃跑了，自己的老婆也走了，家中母亲突然生了大病，一个人承担了所有压力。

他说自己那时候真的有跳楼的冲动，但最后还是咬牙坚持了下来，度过那段黑暗的岁月，现在的自己过上了安稳的新的生活。

每个人都有自己的低潮期，说大也大，考试失利了，失恋了，失业了，家人生病了；说小也小，被误解被非议，新买的鞋子被踩脏了，刚做好工作报告电脑死机了，努力了一个月的备考却成了竹篮打水一场空……

这些看似倒霉的事情第一次发生时你会安慰自己，第二次发生时激励自己，第 N 次发生时你可能开始怀疑自己，为什么是我？

其实生活之于我们的仁慈或残酷在于我们自己的心态，

你愿意面对便可以轻松度过，不愿意面对也就成了死循环，低潮期不过如此，让我们在生活中一边麻木，一边又披荆斩棘。

鸡汤读多了也无济于事，无论怎样安慰自己，生活总是要继续，重要的是如何调节自己并且找到缘由继续下去。

4

小时候很喜欢一部《洋洋三嫁》的电视剧，女主角洋洋每次相亲失败或遇到伤心事就会吃果冻，等吃撑到忘记悲伤之后，她又能重整旗鼓再战。

虽然有些幼稚的行为，但在某种意义上确实能帮助我们赶走坏情绪。

如果你正在悲伤，正拥有低沉的情绪，请不要让自己停下来，那样只会让自己在安静中不断体验坏情绪。

让自己动起来，去运动，去读书，去逛街，去吃各种平时想吃又没吃过的食物，总之要让自己有事情可做。

下一步便是有一个清晰合理的规划，先让自己的心情好起来，再让自己的行动充实起来。

就像毕淑敏所讲，锻炼身体，坚信无论是承受更深的低潮或是迎接高潮，好的体魄都用得着。和知心的朋友谈天，基本上不发牢骚，主要是回忆快乐的时光。多读书，看一些传记。一来增长知识，顺带还可瞧瞧别人倒霉的时候是怎么挺过去的。趁机做家务，把平时忙碌顾不上的活儿都抓紧此时干完。

糟糕的事情总会不期而遇，而正确的面对方式是有备而来。

每个人低潮期的原因不尽相同，但影响是极其相似的。

哪怕是在月光下行走，也要摸着微弱的光芒一寸寸前行，生活总是喜怒无常，我们要做的便是手持兵刃去披荆斩棘。

别拼命努力，却在过自己不喜欢的人生

1

金融系开课那天，金融学老师问了三个问题：你为什么上大学？你为什么选择金融专业？你喜欢你的专业吗？被点名回答时，包括班级第一名在内的同学都说，为了找工作，为了赚钱。老师说，她带了三个班，只听到一个诚实的答案：因为随大溜。别人说上了大学好找工作，我就去上大学，别人说这几年金融热，那我就去学金融。我们不知不觉失去了自我。

如果以喜欢或无所谓的态度对待自己的专业，可能会拥有一份稳定的工作，如果不喜欢，毕业只是从一个牢笼跳向另一个牢笼。可是，我们无能为力，走了这么久，在大学放弃的话，于己，前途迷茫，于父母，于心不忍。

小时候，我喜欢画画，随便临摹一些卡通人物，身边的人夸我有绘画天赋，建议我父母让我学绘画，可在父母那里得

到的答案却是我们家境一般，学那些费钱，以后找工作也麻烦。于是，我雪藏了我的爱好。从小很听父母的话，他们说，好好学习考大学才有出路，于是上学时我的全部心思都在读书上，不是喜欢，是使命，读书是让我改变命运的唯一途径。

后来高中时文理分班，初中理科成绩好的我却在高中学得一塌糊涂，我爸说让我选理科，因为身边的孩子很多都学理科有很好的出路，可看着几乎倒数的理科成绩，我觉得无力回天。在和我爸冷战了一个星期后，我选择了文科。高考填报志愿时，我内心特别想报汉语言文学，可父母说，学金融吧，大家都选。于是，我跳进了自己不喜欢的坑，迷茫地过着我的大学生活。我没有放下一切跟着心走的勇气，努力了那么多年，过着自己不喜欢的人生。

2

很佩服一个大四财管班的学长宇，他没有考研，没有应聘财管类工作，而是选择了摄影。从大一开始他就重拾自己的爱好，自学摄影修图，在校期间，他经常会给校友约拍，摄影是个烧钱的行业，我曾问他是不是家里特别支持，他才选择摄影这条路。他说，家里很反对，自己的镜头都是自己兼职赚钱买来的，他和父母说想去泰国旅拍，家里很反对，不给他钱，他便靠着给别人拍写真一点点攒钱。

他说，他去过的每一个城市、每一个国家，都是靠着自己赚来的钱。为了自己的爱好，所有付出都无怨无悔。我见过他朋友圈里晒在印度、柬埔寨等国家的照片，也听他说过星巴克成了他第二个家，因为他曾无数次在那里通宵修片。

任何一份职业都需要付出，不要因为是自己的爱好就能少走弯路，因为热爱，更要竭尽所能。当自己冒险选择了心里的方向，就要没有退路地走下去。

现在，学长已经离校去了北京，因为自己的摄影作品得到了那边公司的认可，他找到了自己喜欢的工作，并且即将要开一家民宿。

安妮宝贝在《蔷薇岛屿》里说："很多时候一个人选择了行走，不是因为欲望，也并非诱惑。她仅仅是听到了内心的声音。"为了遵循自己内心的声音生活，我们曾为此付多大的代价。正是因为没有勇气承担这代价，我们总拿别人的故事津津乐道，反观自己，却依旧走这条别人认为很稳固，实则自己很麻木的道路。

3

前几天看综艺节目《妈妈咪呀》，里面有一位妈妈让我印象深刻。这位妈妈上台时带着一封辞职信，她说自己要借助这个平台做一次她有生以来最叛逆的行为。原来，这位妈妈是一位公务员，从小就是学霸，一路走来顺从着父母，虽然高考成绩好，但父母希望她离家近点，于是，她放弃了名牌大学本硕连读的机会，选择了本地一所普通大学，毕业后，听从父母去考公务员，有了稳定的工作。

可现在已为人母，她内心越发觉得自己走了一条自己不喜欢的路，她想辞职为自己活一次，也为孩子做个榜样。评委老师很赞同这位妈妈的选择，人生总要有几次是为自己而活，而她只是来得晚了一点。

4

或许写完这篇文章的自己依旧在想，这是别人的故事，自己，只能顺从地走这条自己不喜欢的路，父母说，这是你的出路。

可是生活那么沉重，如果不曾选择自己所热爱的东西，当你老的时候，定会后悔。或许，是在青春期不顾父母反对去学跳舞，或许是一次说走就走的旅行，或许，是选择了自己喜欢的事业。

有人靠着爱好活得随心所欲，他们是可爱的，也有人走着别人规划的路稳妥自在，他们是可敬的。或许，自己依旧奔忙在自己不喜欢的道路上，为家人所迫，为生活所迫。但是，心中要燃着一团火，告诉自己，终有一天，我要为自己而活，不问来时，只问归期。

正如泰戈尔所写：我们的生命不是陈旧的负担，我们的道路不是漫长的旅程。

抱歉，没能够成为一个走路带风的人

1

在网上结识了一位热衷于旅行的写作者，比我大一岁，别看他年纪轻轻，足迹已遍布大江南北。他看过暮色四合的苍山洱海，漫步在烟雨之下的江南小镇，徒步于荒无人烟的川藏线，体验过高原之上的风马翻飞，也观赏过深海之下的游鱼嬉戏。他说很喜欢"永远年轻永远在路上"这句话，我们因为稿件的问题有过简短的语音通话，我甚是羡慕地跟他讲："在路上一定是件很美好的事情吧？"

为什么这样问呢？为什么不自己出发去看看呢？我也这样质问过自己，为何想做的事情不去做，看起来不果敢甚至带着几分平庸。

我生长在内蒙古的一个偏僻小镇，截至二十岁那年，全国之内我只去过两个省份，一个是我的家乡内蒙古自治区，另一个是陕西的姑姑家。去读大学的时候是我第一次坐火车，明明已经是个成年人，却像个孩子一样在检票口露怯，年轻时候的尊严娇嫩又强大，我不止一次想要有一场说走就走的旅行，于是在上大学那年，我暗自告诉自己，一定要走出去看看。

走出去，也是那位写作者对我说的话，他说："在路上，真的是一件特别棒的事情。"

2

二十几岁的年纪，真是让人既爱不起来又恨不起来，它看起来是人一生之中最明媚的年龄阶段，却也承受着必须快速独立的沉重压力，你开始身不由己，甚至质疑自己是否真的一无是处，没有人告诉你下一条路的方向在哪儿，而你亦无从知晓脚下踩着的这条路是明是暗。

逛知乎时，关于二十几岁的话题，在 2017 年有一个答主的答案让我对自己有了新的定义。

大四那年，她在考研和保研之间纠结，生怕自己走错了路，读研期间，自己学的专业就业率极低，让她对未来更加迷茫，和导师关系不是很好，跑面试时又屡屡被刷，就业无望，又遇到家里出事故，她开始极度自我否定，后来眼看着生活步入正轨，又陷入了房贷危机，新工作似乎永远不顺心。加班，熬夜，压力，在二十七岁这一年蜂拥而来。

而在下一段，答主又这样述说，别人眼中的自己是这样的：大学期间是学霸级别的人物，受老师喜欢学校厚爱；毕业后拥有一份让人羡慕的好工作，年纪轻轻就能在一线城市买房。这样想想，生活似乎没有那么疲惫不堪。

有时候，我们自己眼中的山重水复，可能在别人眼中就是柳暗花明。可大多数人常常体会不到这一点，我们做不到脚临深渊依然升华人格去大谈豁达，大部分的我们面临问题时是不会从两方面分析的，耳边有越来越多的人把"月入过万，经济独立"这样的标签当作彰显自身优势的砝码，这听起来确实让人羡慕，但随之带来的更多是焦虑，我们在背负着压力的同时又获得了焦虑的情绪，找不到让自己快速成长的出口。我在情绪低压状态下，喜欢找阅历丰富的作者的文章来读，喜欢他们文笔里流露出的豁达和开阔。

如果人生有预设，我的想象力一定不会比童年时差，我会把二十多岁的年纪渲染得多姿多彩无忧无虑，可人生有来路有归途，唯独没有预设。这也是人生的魅力吧，如果每个人从出生起就一眼将生活望到了底，那怎么会有满腔期待的奔赴和为之生生不息的努力？

平凡的大多数，绝不是平庸的大多数。在叔本华的理论里，青年时期之所以艰难是因为对幸福的追求。

灵魂刚长出来的时候是认识不到人生的空虚和可怜的，而青年时期的四处碰壁就是我们第一次撞击灵魂，明白了获得幸福是需要追求，而有些幸福是徒劳无功的。这个道理，越早明白就越懂得人生的存在是需要我们不断奔赴的，也是无常的。

赫尔巴拉说："尽管我的道路从头到尾都长满了杂草，但也只有我自己是我这一生的见证人。"二十多岁的这条路，一点也不好走，它就像是个彩色斑斓的仙人球，看似光鲜亮丽，实则满身锋芒，不敢放纵情绪，不敢轻易倒下，身前光芒微弱，身后空无一人。如果人生是一条蜿蜒崎岖的路，那么童年是入口，花花绿绿的样子引人关注，少年是第一段平坦的路，活得无忧而洒脱，有时摔倒了还赌气般埋怨路不平，青年时期，是人生的第一个转弯，有的人的弯路生来就短暂，轻轻迈一脚就是雨过天晴，可有的人的弯路，走起来万分艰难。

这条路难到让人怀疑人生，可这是我们生命的一部分啊，就像血管里流动着的血液，它与生俱来，无法逃避。

我是那种三个女生一起玩就会被排在第三位的女生，是生活中毫不起眼儿内心里又充满了自身主见的女生，是不够豁达不够开朗带着些许自卑的女生。

读了大学以后，我开始了自己的旅行，去过的地方不够多也不够远，但在一定意义上让我贫瘠的灵魂除了书的滋养又多了路的引领，我努力参加活动丰富阅历，健身保持身材，学习更多的技能为生活添彩，这些看起来像是对生活的享受，实则是一种对生活晚于他人的触碰和较真。

我很喜欢这种较真的态度，当有一天我们开始对生活较真，就真的是为自己在活，这个有些差强人意的二十三岁，没能活得走路带风，成为同龄人中的佼佼者，是平凡中的大多数，每个人的二十三岁是不同的，在观望别人的同时，也该想想自己，哪怕倔强，哪怕起点低路途远，我们的终点是终生成就自己，而不是迫切活得光鲜包装自己。

不知道你是否和我一样，内心里不是个十足的好女孩，举止间又不是个十足的坏女孩，过着平平淡淡的生活，未来的路是风是雨还是未知。"走路带风"这个词是我在一个深夜音乐电台里听到的，主持人在放杨宗纬的《这一路走来》时说："哪怕没活成别人刻画的样子，也一样要笑得灿烂，再难走的路，带着风才容易腾飞。"走路带风不仅仅停留在背脊挺直，不仅仅是抬头挺胸步履匆忙，能撩起衣襟的除了洋流送来的季风，还有我们内心那股子勇往直前的决心。

与其赞叹别人的二十多岁多么华丽多姿，不如低下头来抱抱二十几岁的自己，生活本就不公平，但每个人自己所付出的和收获的一定是对等的，哪怕当下看起来并不容易，它们都藏在以后，藏在每一个孤独无力的深夜和车水马龙的长街。

甚是喜欢村上春树在《寻羊冒险记》描述的人生状态："或许我们应该出生在十九世纪的俄国。我弄个什么什么公爵，你弄个什么什么伯爵，两个人狩猎，决斗，争风吃醋，怀有形而上的烦恼，在黑海岸边望着晚霞喝啤酒，晚年因株连'什么什么叛乱'流放到西伯利亚，并死在那里。"

人生本就枪林弹雨，当我们懂得正视并与之对抗之时，才是所谓的战争，否则，是入侵。

有一种英雄主义，是成为你自己

1

年少时多愁善感，小心翼翼又玻璃心，总觉得遇到点艰难或不被善待就是个伤心事。

长大些后，走出了偏僻的镇子和淳朴的人群，走到更大的世界里，我才渐渐发现，生活有时候并不是顾城所说的那样：你所行走的距离就是你的一生。

人潮总是拥挤的，我们会不得不与一些人相遇，交集，甚至共处一室。每个人生来所接受的价值观念是不同的，像是一条路上锋钝不一的石头，总有人锋芒毕露戳伤别人，也总有人善良淳朴总是被中伤。

有些善良刚生长出来的时候像麦芒，它赤诚而不懂得收敛，总觉得善良是可以换回善良的，投之以桃还之以李，当这种原始的善念受到伤害后，再锋利的麦芒也会变成含羞草，外界稍有触碰就会敛起来。这也是为什么有些人的善念经由心里而未付诸行动。

人这一生之中，独善其身是远远不够的。就像青年作家苑子文说的那句话一样："与人交往要守住态度，值得的我一定真心相待不辜负，不值得的一笑而过不再多说。没有必要也没有可能与所有人都成为好朋友，要做一个有原则的人，不亏待每一份热情，也不讨好任何冷漠。"

2

身边总有一些不那么友好的人，他们无礼，粗鲁，自私，尖酸又刻薄，你甚至会想一个人怎么会同时拥有这么多类似的恶习。

而你，有时候正是那个所谓善良的老好人，总觉得忍让和友善可以换来她的良知。可我们忘了，有些品行是长进骨血融入人格中的，在有些人的三观里，恶意是不足为奇，自私是理所当然。与人相处犹如饮水，一个常温，一个加冰，结果必然有一方会受寒。

在我住的出租屋里，隔壁卧室住着两个准备第二次考研的学姐，平日我们之间只是寻常的问候，没有过多的交集，只是前两天，其中一位女孩在客厅里与我和房东阿姨说出了她忍无可忍的烦心事。

女生和她的室友是在考研落榜后遇到的，两人相约一起备考，本来挺好的一件事。没想到这位室友是个极其难相处的人。从入住那天起，这位室友就说自己睡眠浅，于是不管中午还是晚上，只要她休息了，这位女生就不能开灯学习，不能有走动的声音。女生睡在室友下铺，所以经常被使唤着给这位室友拿东西，本来是室友间寻常的帮助，女生也都欣然帮助。

可这位室友不但不感谢，反而变本加厉地对待她。现在住的房子地理位置不太好，她们一直计划重新租一间，可考研时间紧张彼此都忙，这位室友却给这位女生甩了一句话："喂，你要是不忙的话就出去转转看哪里的房子比较好。"

女生甚是气愤，但也没说什么，只是觉得对方太过自私。

就在房东来这里的前一天，这位室友和房东嚷嚷着要搬出去，房东阿姨说："那你和你朋友是不是都要搬？"

这位室友却一口否认："她不是我朋友，只是暂时住在一起而已。"

女生很伤心地说：每次租房我都带着她，事事为她着想，我把她当朋友对待，忍受她的种种不善，她却这样对我。

很多时候我们之所以被伤害，是因为太过赤诚。张异宾在毕业寄语中这样说：愿你们在步入这物性的社会后，能够对低俗、平庸、无耻本能地心生厌恶。

保留自己拥有的善念，既要懂得见贤思齐也要明白万物有常。我们无法改变一个人的三观，但一定要保有自己的修养，得体的善良，适度的冷漠，不去招惹是非，但自己的底线也绝不能允许被逾越，或许这是我们能给这个世界保留的最大善念。

3

今天去幼儿园接妹妹，园里都是六岁左右的小孩子，像一条条脱网的小鱼儿似的轮着从滑梯上滑下来，童稚天真尚不会伪装自己的善良与恶意，有的小孩调皮，非要从滑梯下倒着往上爬，上面等待的小朋友就急忙伸手去帮着拉上去，几个孩子倒在一起笑得乐不可支。

其中一个小女孩在吃糖，旁边的小男孩嚷着也要吃一颗，女孩不肯给，小男孩就嘟着嘴哼哧着说："哼，你真小气，一点儿也不懂得分享。"

而这边六岁的妹妹和我夸她的同桌是她的好朋友，今天送给她一张星星贴纸。我们已经过了那个年纪，那个用一颗糖、一张贴纸就能取悦彼此的年纪。

送出手的物品越来越昂贵，收回的感情越来越廉价。明明都在笑，意味却不同了。

生不逢时，遇人不淑，我们不再大声埋怨，而是选择默默内化。

总有些人带刺行走，不愿以诚相待，我们也没必要因为遇到过一个就否定了全部，做个善良的人，但不要成为傻乎乎的老好人。

4

在电影《芳华》中有句经典台词：一个不被善待的人，最能识别善良，也最能珍惜善良。

生命中存在的某种善念，有时候像是我们身体的一部分，它是久愈的伤疤，于无形之中存在，是荣光也是隐疾。

身边的人形形色色，不是每一个都能以得体善良的形象与我们相处，面对那些恶意，要有立场有原则，面对善意，必定要回之善意。

我们一路走来跌跌撞撞，不是为了让自己伤痕累累，而是在真的流血留疤之后懂得好了伤疤忘了痛是个假命题。

刚出生时你我都是白纸一张，与生俱来的优质少之又少，如果已经建立起良好的三观，请好好保护好它。

以最纯粹的眼睛去看待世界，以纯粹的心去对待周遭，世界和平的使命留给英雄吧，处理好这四面来风的尘世人情何尝不是一种英雄主义？

平凡并不丢脸，平庸才可悲

1

《月亮与六便士》里有这样一句话："我用尽全力，过着平凡的一生。"

初读会觉得心酸，为作者感到惋惜，可当我们真正懂得时，便是懂得了如何与自己握手言和。就像《吐槽大会》里李诞所说的一样："当你做了该做的事情之后，就不要执着，如果没有得到一个好结果，就健康地活着。"

平凡是尽力后的坦荡回归，而平庸是蹉跎一世的碌碌无为。

2

去年放假回家时，听到一位和母亲同龄的女人在说："都说人往高处走，有的人就发展好了，有的人就没发展好。"言下之意就是说我家没发展好，最后"叶落归根"。

　　那是我们搬回家乡的第一年，父亲在附近的工厂上班。我看着他日渐沧桑的面庞，从未觉得他平庸，用力生活过的人不该丧失对余生的期许。

　　从我八岁起，我们一家就在漂泊，闻过工业区无止境的臭水味，也见过大城市的繁华灯火。父母换了无数工作，深夜的劳累，凌晨的忙碌，小人物的生活总是匆忙而脆弱，母亲的手因为接触凉水时间久而关节变形，父亲的腰因为久坐开车而落了永久的病根。在一次深夜谈话里母亲说："人啊，活得就像虫子一样，如此过一生。"

　　人何尝不是沧海一粟？渺渺世间，我们都在为自己的一生而打拼，有的人功成名就，有的人平淡无奇，难道种豆南山的人就是人生的输家吗？

　　父亲说他在读《平凡的世界》时甚是感动，他喜欢孙氏三兄妹的感情，更喜欢对人物鲜明的描写，我知道，他所历经的生活都在书中得到了印证，他内心的活动都与作者产生了共鸣。

　　起初我并不懂路遥为什么要给孙少平安排如此凄凉的结局，那么渴求外面世界的人，最后却落得一个平淡无奇的人生。

　　直到后来才懂得，这是在理解了人生悲苦之后的豁达，是对人生最真实的阐述。

3

我们每一个人都是孙少平，从记事起就被冠以考清华北大之类的远大目标。很多人把自己放在不切实际的高空，以致稍有失落便脆弱不堪。

我的朋友圈有两种类型的家长（都是我的亲戚），两家人的孩子差不多大小，一位母亲逢奖必晒，孩子所有获奖活动都晒出来，并配一些夸赞的话；另一位却恰恰相反，我知道她家姑娘也很优秀，在一年级时就读完了《汤姆·索亚历险记》等外国名著，但这位母亲发到朋友圈的内容向来是陪孩子去图书馆或是参加亲子节目等闲暇时光。

过分的望子成龙是不甘平凡，但让孩子从小就背负着自己与众不同的想法并不是一件好事，中国的父母大多如此，把自己未实现的梦想都寄托在孩子身上，他们不能接受孩子将来成为一个普通人。

小姑读大学时的一个室友是个很要强的女孩，学习努力，做事严谨，她一直期待着毕业后能有个好工作。

可大四那年，同宿舍有的得到了保研资格，有的因为家里关系顺利工作，有的收到了好几份面试通知，唯独她迟迟没有满意的公司，在离校的前几天，室友回到宿舍发现女孩躺在血泊中，腕间有深深的割痕，还好抢救及时，捡回来一条命。因为对自己寄予了太高的期望，才让失落演变成悲剧。

《悟空传》里有这样一句话："每个人出生的时候，都以为这天地是为他一个人而存在的，当他发现自己错的时候，他便开始长大。"

真正的成长不是与自己的平凡死磕，而是在全力以赴之前与自己和解，成败并不能决定下一个你是怎样的姿态，永远在路上就永远有希望。

4

有数据表明，世界上百分之九十的人都过着平凡的生活，趁着年轻，一切尚是未知，我们可以努力成为那百分之十中的一员。但如果没能实现，也能失望后重拾希望，平凡的人生并不代表平庸。

一位美院的保洁师傅在网上火了，四十多岁的年纪，去应聘时因为一笔好字被招聘，师傅自称来美院工作是因为想接受文化熏陶，而他被大家得知是因为一个用水管写字的视频，字体飘逸很有大家风范，接受采访时这位师傅还说自己喜欢赵孟頫的字体，最后院方领导也称赞这位师傅是个人才。

他平凡吗？很平凡。

但他平庸吗？一点也不。

电影《阿甘正传》里，阿甘在跑步的时候这样说："你丢得开以往的事，才能不断继续前行。我想那就是我这次跑步的意义了。"

我始终认为，只有一个真正正视自己的人才能有超越自我的可能，而不是一腔热血喂了鲁莽。也都平凡，也都辛酸，也都哭着吃过饭笑着谈伤痛。

5

　　周国平说："人这一生有三次成长：一是发现自己不再是世界的中心的时候，二是发现自己再怎么努力也无能为力的时候，三是接受自己的平凡并去享受平凡的时候。"

　　平凡是接受那个曾经努力过的自己，落榜的学霸能再次备考，破产的商人能东山再起，北漂的青年能坦荡地接受买不起房的现实。

　　有时候我们真的会感到深深的无能为力，这个世界已经不够友善了，我们为什么还要委屈自己？

　　不仅是二十多岁，人生时时在路上，不去努力永远不知道下一块巧克力是什么味道，我们不该急于摆脱平凡，而是尽力脱离平庸，认清自己、认清现实后依然热情生活、接纳自己。生而为人，哪怕只有六便士，也能抬头看月光。

　　为自己的平凡增添高级感，或许有一天真的不再平凡。

二

· · ·

愿你眉眼如初，
岁月如故

万人如海一身藏，从此故乡变他乡

1

有这样一段形容思念心上人的对白：

"何为思念？"

"日月，星辰，旷野雨落。"

"可否具体？"

"山川，江流，烟袅湖泊。"

"可否再具体？"

"万物是你，无可躲。"

将思念具体化，无非像那句形容喜欢一个人的话：即使遮住了嘴巴，也会从眼睛里冒出来。

李健在《故乡山川》里唱："此刻灯火辉煌多想与你分享，却再也不能回到你身边。"

故乡在我们快速长大的步伐中缩进旧时光，像父亲微驼的背，母亲斑白的鬓角，它悄无声息，却在我们背井离乡的日子的无处不在。

这种近乎祭奠的思念，有时候虽然白天不曾言说，但在深夜忽然惊醒的梦中，真的会让人落下泪来。

像是蜷缩在母亲子宫里的婴儿终将要呱呱坠地，我们终将会离开故乡筑起的温暖巢穴，一步步走向外面的世界，身披铠甲，单枪匹马。

2

星期五那天，我回家乡办理贷款。

儿时的记忆太过琐碎，辗转过三个小城市的四所小学，似乎每个地方都能称之为我的家乡，而这里不仅仅是我户口本上方方正正印着的铅字，更是我记忆最为深刻悠长的地方。

邻座是一对母子，男生戴着黑框眼镜，下巴冒出青青的胡楂儿，脸上挂着青涩的模样对身旁的女人说："妈，坐车可真累啊。"

女人摩挲了一下男生的胳膊莞尔笑道："这才几个小时啊，你出去读书，还有更多的路要走，更多的车要坐。"

听他们聊天，男生今年刚满十九岁，准大一新生，开学就要去青岛读书了。

他们还在小声讨论到底是哪条河汇入了傍着青岛的黄海，女人又嘱咐儿子出去读书要注意的种种事项，男生有些没耐心地说："知道了，知道了，我能照顾好自己。"

我突然想到三年前的我，那时候父母陪着我坐在西行的列车上，对面正好是同校的一位学长，他热心地给我讲了许多关于大学的生活。岁月总是这样不饶人，同样的情景年年都在上映，而景中的人早已不同。

自己刚触摸到世界的棱角时，多盼望远行。

就像独木舟在《忽如远行客》里写的一样："灵魂刚长出来的时候，你总想往千山万水去，往更自由的天地去。"

那时候的我啊，恨不得不让父母送我去上学，恨不得把所有时间都留给大学，我受够了耳边的唠叨，走厌了出租车刚过起步价就走完了小镇的那条纵贯南北的沥青路。

那时候，感觉自己像一只急剧膨胀的气球，迫不及待有一场风的到来，甚至扬长而去之时都不愿有一声道别。

《人民日报》在给新一批大学生的文章里写道："把故乡藏在身后，单枪匹马闯生活。"

有多少人是在后来才懂，为什么要"藏"而不是"放"，为什么是"闯"不是"过"。那个明明一直站在你身后的方寸之地，在后来无数年月里，从此只剩冬和夏。

3

朋友圈里一位女生发了条动态。

她说："无数遍问过自己，究竟为什么来到空空如也的城市，亲人朋友老师都相距那么遥远，这里的一切对你来说都那么生疏，没有期待没有惊喜，以前觉得科技发达交通很快，一切都好解决，其实不然，距离只会让你一个人承受所有。"

谁都不擅长离开，都也是在无数次离开后才懂得怎么让眼泪倒流回心里。

成长不一定要以离开故乡为代价，但离开故乡，一定是一个人成长最快的方式。

网上一条日本的广告视频道出了离家的心酸，三个年轻人离开家乡独自到东京生活，从懵懂无知到最后的游刃有余，在他乡，收到了父母亲人最真挚的祝福。或许我们都是在踏上火车那一刻才懂得，启程那日之后，要不断奔跑。

以前的自己是个讨糖吃的小孩，想去那更远的地方去闯闯，扬着头站在故乡面前说：

你看，我混得好不好，做得棒不棒？

故乡啊，她沉默地笑着。

人生不可欺，尘世不可期。你风尘仆仆回去看她，可总有做不完的事，总有走不尽的路，你尴尬地拍拍尘土说："我回来了，你还好吗？"

故乡啊，依旧沉默地笑着。

而你呢？

在午夜的热风里泪流满面，那个渴望自由的灵魂现在想回来了，却发现，一去不返的不仅仅是滚滚江水。

4

电视节目《朗读者》中，白岩松提到故乡情结时这样说，刚到北京那几年自己工作很忙，尚未对故乡有何牵挂，直到有一天，他与腾格尔等同乡聚在一起，一帮人心照不宣地弹琴、起舞、吟唱，在那一瞬间，所有人都号啕大哭。

在内心最柔软也最坚硬的地方，你明明觉得你已经和她毫无瓜葛，而那块小小的结痂也会随着时间逐渐淡化，可当有一天，突然有人告诉你，他也有相似的伤疤。柔软有人触摸，心事有人明了，你终于明白，原来那个叫故乡的地方早已深入你的四肢百骸，她是你与陌生城市格格不入的蹩脚方言，是你受了伤也无法改变的实诚和好心肠，是你想吃个酣畅淋漓的巷口的小吃摊，她静静流淌在你远行的身体里，用沉默告诉你，无论走向哪里，你总有归属地。

曾经迫不及待逃离的地方，如今只能以过客的身份去见她。从下车到再次踏上车，我只停留了三个小时。

出租车依然是黄蓝相间的漆皮色，司机们摇晃着被日光晒得黑黢黢的左臂招揽生意。街道不长却齐齐整整。那家我喜欢的米线店还开着，还是那对身材微胖的夫妻在忙着翻炒，消毒筷子的柜子摆在原处，桌子上滴落的油渍像是我昨日翘课来吃时洒下的一样。

回忆和现实交叠，如果说这世间一切都老得这般快，一切都在电石火光间变化，故乡便是刻进电影胶卷里的旧画面。街角的奶茶店还开着，七元一杯的奶茶和十七岁夏日的味道一样，放学那条路上左数第三个路灯还是坏着，泛着微弱昏黄的光晕，学校对面商店里的雪碧还是摆在冷藏柜的最下方，被百事的易拉罐挤得歪歪扭扭，而年少的我们最喜欢将它抽出来，拧开瓶盖就着冷气喝个酣畅淋漓。

　　白岩松还讲了一位他老友的故事，这位朋友常年在国外，每逢回家乡时，刚下机场取完行李的第一件事不是回家，而是直奔他平常总去吃的那家牛肉面馆，要了两碗，吃了一碗半，再心满意足地回家。

　　王小波在文章中写道：老华侨回国，听见北京姑娘用正宗京片子骂人，又惊又喜，虽然被骂，也爽快得很。

　　原来爱家乡，首先爱的是家门口的那碗牛肉面，爱那句你熟悉的方言。

　　这大概是故乡之于我们最温柔之处，你明明漂泊如尘，却在转身之时看到她静默在原地。

　　像是小时候放学后家里亮着的那盏灯，无论你归期多远，她始终亮着。

5

　　离开的原因有很多。

　　生活的地方贫穷落后，有人为了谋生；外面的世界机会多又精彩纷呈，有人为了谋志；不想平淡如水度此生，有人只是想去看看更远的世界。

　　操着家乡方言的汉子背着所有行李踏上离家的列车，一步三回头悄悄抹眼泪的学生走进候车室，西装革履的中年人看着万家灯火升起只能对着手机说声对不起。

　　当故乡变成了起点，我们就真的发现未来没有了终点。

　　去感受一座城市的冰冷、粗粝或黏腻，改掉自己喜爱的口味,学会独自承受所有。

那个叫故乡的地方,就让她静静地藏在身后,笑看我们和生活周旋,你要记得她在哪里,记得她所有布局和秘密,哪怕最后,真的变成远行客,隐匿在茫茫人海中,但始终有一个地方,能够让你在深夜梦中惊醒,在繁华热闹的街头泪流满面,能让你有走下去的勇气。

回头的地方越清晰,向前走得越坚定。

越是隆重的告别，越是内心的声嘶力竭

1

电影《后会无期》中有这样一段台词："知道一切终会变迁，没想到这么快与决绝。无论是冰冷的戒指还是滚烫的情谊，回想起来，甚至不知道哪一刻是最后的告别。"

成年人的世界里，是无法区分开始和结束的，你说你爱上了一个人，试探着问对方："我们可不可以做朋友？"

你们最终没能走到一起，你说："我们还能不能做朋友？"

生命这条甬道似乎再也不会有十里长亭泪阑珊，我们把告别调成静音，从轰轰烈烈到悄无声息，心一样地疼，只是，再也无法重燃那团冲动的火焰，充满仪式感地说一声："珍重。"

因为我们都知道，越是隆重，越是放不开，越是沉默，越是释怀。

时间是常留客，人是常行人。只是我们很晚才懂得这个道

理，等到懂得后，也便学会了沉默，学会了以平静对抗内心的挣扎，不是感觉不到那种放不下的感觉，而是明白了，有些人事情终究是过去了，有些人也再也回不去了，隆重的告别，是给自己最后的倔强，哪怕看起来像是一个跳梁小丑。最心酸的，不是永久的分别，而是我们再也不会郑重其事地说声再见。

2

说起告别的仪式感，我们有过的最为深刻的体会大概就是毕业季。无论是处于读书的哪个阶段，相遇的时候总是猝不及防，分开时也是个人难以左右的。

高考完之后，大家都深深地松了口气，临近离校的日子，班里要准备毕业聚会，聚会上请来了一直默默付出的老师们，大家围坐畅谈，那时候啊，感情很复杂，既兴奋于脱离高考的磨难，又伤感于终究要各行其路。觥筹交错中大家互相祝福，那声音越是洪亮，告别越是郑重。只是那时候的我们尚未体会，今日各行其路的苍凉，这种苍凉是必须被接受的、且容得庆幸的，因为长大，就是让我们从群居动物变成独行野兽的过程。

那个我们强烈要求建的群如今也只剩节日才闹腾一会儿，同学们出国的出国、深造的深造、工作的工作、结婚的结婚，大家最后的联络也仅仅是看朋友圈时嘴角微扬着的那一下点赞。

　　这才是真正的告别，在你的世界销声匿迹。可这也是人生常态，难就难在，每个人一生进入了那么多个圈子，最终能在退出来时回头再看看，那个自己曾经声嘶力竭告别的集体和那群人，脚已经踏向了未来，心还能留在原地。

　　米兰·昆德拉在《生活在别处》中说："这是一个流行离开的世界，但是我们都不擅长告别。"我们可以预料未来的每个阶段可能有怎样的陪伴，但我们无法选择这个人可以陪伴我们多久。所以，每一次拥抱也许都是最后一次拥抱，每一次争吵也许都是最后一次争吵，每一次，也许都是我们未曾知晓的告别。

3

　　有一次我和几个朋友讨论谈恋爱这件事情。单身的笨笨说："我从来没体会过那种爱惨了又痛苦离开的感觉，有什么是不能讲出来的吗？非要搞成生离死别的下场。"

　　石榴是个有过三段感情经历的姑娘，一段是中学时懵懵懂懂的称不上真正的爱情的情窦初开，一段是大学期间和一个学长谈了两年的恋爱，还有就是刚分手的这位通过朋友认识的男生。说起分手这个话题，石榴说，自己大概把告别的仪式走了个遍。

　　第一段爱情，是叛逆和陪伴。男生和石榴是前后桌，从集体中的同学关系变成暧昧的情侣，分开理由也很狗血，男生在高三毕业那年喜欢上了别的女生，石榴不甘心，她记得男生说过喜欢她穿白色长裙，喜欢她披着长发，毕业聚会那天，石榴特意打扮成男生喜欢的模样，石榴说："就算死也让我死个明白啊，她觉得起码离开也要完完整整地告诉她，究竟是在哪里出了问题。"

酒过三巡，石榴在男生回家的路上把他截下来，问他可不可以不回家，可不可以找个地方，好好告诉她究竟为什么。

石榴衣着单薄，在夜晚的凉风中瑟缩着身子，男生垂着头一言不发。

后来，石榴回忆起那时候的自己说："你知道吗？我为了爱情的孤勇全部都付在了那个夜晚，从那之后，我再也没有追问过为什么离开。"

说到底，越是隆重告别的那个人，越是放不下。

石榴谈起后来的恋情分开的情形，就最近这位讲，两人都是很沉默地互相删除了联系方式，再无瓜葛。

那些相见恨晚，最终也敌不过人生的变幻。刚出生时候的我们，眷恋母亲，目光所及之处看不到就要大声哭喊，长大点的时候，分开变得可以接受，但需要用泪水来换，到后来，分开是伤感，是深夜独饮的烈酒，最后，分开是连一声珍重都说不出口的转身，打碎眼泪埋进心里的决绝掩门。

4

那些最初的人，曾经一起看过日升日落，一起翻越大海高山，如今，隔着现实这条河无法共撑一把伞。

我一直觉得自己是个没有童年的人，不是说没有童年的经历和回忆，而是那些陪我走过童年的人都不知散落在了哪里。

前年，我偶然遇到了一位老友，十多年未见，我们握着彼此的双手都在颤抖。她问我："那时候你怎么一声不响就突然离开了啊？"

我说："很多原因，那时我还小，很多事情由不得我。"

老友的出现仿佛打开了我记忆的大门，有她们陪伴的那几年，最遗憾的是变成了没有底片的疯狂和冒险。

我离开的那天是个雨天，车马上要开了，我给她们准备的礼物送不出去了，我想说的话还没有说，到最后，通讯录上都没能留下她们的联系方式。

为了这件事我在离开后变得内向而自闭，不爱与人交谈，不敢随意敞开内心接纳他人。

这么多年过去了，当我把一切都看开的时候也明白了，我只是过早地接受了分开，那时还不懂告别是人生常态，所以错失了那一次隆重的告别。

那些陪伴过我们的人，他们并没有消失，而是在我们的经历里熠熠生辉，正是因为有了千千万万个过客，才有了一个完整的人生。

5

这一生我们都在不停地告别，此时此刻也在向上一秒告别。那些人，那些事，不论我们再放不下，再纠缠，终究成了过去式。那个曾经发誓要隆重告别的你，到后来是不是也成了沉默的某某。这不是一件悲哀的事情，我们应该庆幸，这么多年，自己学会了拥抱告别，那些曾经无法放下的声嘶力竭的东西，到头来还是放下了，那些最初的人，最后还成了最终。

王家卫在《蓝莓之夜》里说："要怎么和不想失去的人说再见？我没有说再见，我什么也没说。"

身边的人来了又走，发生了的事情停留在过去，一起玩闹过的人，说要暮雪白头的人，深爱的父母亲人，擦肩而过，点头之交。来来往往停留多久那都是由缘分说了算的，而我们能做的，便是将每一次遇见和分离都郑重其事地对待，紧紧拥抱。

越隆重的告别越是声嘶力竭，真正的再见，从来都是悄无声息的。

都曾青涩如雾，后来眉眼如故

1

有多久，没有停下脚步来环顾四周。晨曦隐匿着月光，孤鹜追赶着日暮，青色天空中升腾着的袅袅炊烟，年少时默念过的情话消散在熟透的风里。

有些人，来过，又离开。像古巷的青苔，像秦淮的灯火，像北方冬日的空气，难以割舍的情绪在回忆里生生不息。

其实我们都单纯过，都曾笃定地认为山南水北从来不是一种阻碍，时光之间也毫无威胁，凉薄的是，现实大多背道而驰，后来良人无处可寻，下落不明。

2

十七岁那年，我们管不住自己。藏不住雀跃的笑脸和善感的眼泪。那年，我们听刘若英和周杰伦的歌，宽大的校服袖子里塞着耳机，趁老师不注意分享歌曲。

那年，我们不懂爱又总为情所困。所有喜欢和吃醋都在心里盛大上演，然后波澜不惊地与他擦肩而过。在桌子上反复刻喜欢的人的姓氏，怕被发现又换成字母缩写。上课盯着某人逆光的发梢发呆，一晃神就温暖了整个慵懒的午后。

那年，破碎的岁月完整了所有冲动，晚风吹散了放学的单车却催熟了少男少女们的心事，昏黄的灯光拉长了想念。尾随在他身后小心翼翼地向前，坐在他坐过的座位甜蜜地发呆，买他喜欢的汽水犒劳自己的味蕾。

明明所有故事都是一厢情愿，却开心得像是世人皆知。十七岁的喜欢，安静而缓慢。时光不必洗去风尘，岁月大可肆意生长。

成年后的我们难免世俗，但心里总有一小部分留给曾经的单纯，所以依然有人喜欢积攒漂亮的糖纸，有人喜欢看宫崎骏的动漫，有些人看成年人之间的爱情剧毫无感觉，倒是一些干净清新的剧情让人潸然泪下。那些年的单纯和青涩从未远离，只是我们随着年龄的增长将其适当收藏。

就像之前受人追捧的《致我们单纯的小美好》和《最好的我们》这一系列电视剧，都讲的是平淡懵懂的青春时光，却牵动了亿万少女的心，尘世里已油腻的心仿佛遇见一场大雨。因为深入灵魂所以感同身受。

侧脸延伸到耳后的粉红，被反复踢撞的桌腿椅背，后脑勺无意识晃动着的马尾辫，一路回家的吵闹和八卦，这一切的一切都像极了我们曾经在年少时的情节。

可我总觉得，青春欠我们一个故事情节中的人物，欠一个能深谙我心的人，所以大多数人的爱情都只停留在暗恋里。

隔壁有个温暖的小哥哥，于是大家扎堆挤在窗口看，嬉笑着把红着脸的女孩推出去。楼下打球很好的男生一副酷酷的样子，每次路过篮球场都会悄悄瞄一眼，然后攥着书包衣角匆匆离开，鼓起勇气表白的男生显露出难堪和拒绝。默默喜欢的人又有了新的追求者。

故事都很动人，现实大多悲情。

3

直到后来，我们卸下曾经卑微如尘的耐心，像个战斗士一样从一段感情走到另一段感情，似乎麻木了爱恨情仇和悲欢离合。

我们懒得等待也不屑啰唆，喜欢就说出来不喜欢就分开，再也没有闪烁着的冲动和不舍的沉默。

那天，看了个关于三十岁的采访视频，男生一脸苦笑地说自己进入了油腻中年，被生活所迫早已无心想当年喜欢的人，可当年那个人，在曾经的那段时间中，犹如光的存在，照亮了当初那个少年的心房。

终有一天，我们会拥有白发和肚腩。午后的阳光里是孩子蹒跚着的身影，耳机再也无法回旋起十七岁盛夏的蝉鸣，南方潮湿的空气、北方温暖的阳光、合欢树枝叶间散落的尘埃，埋葬了无数希望和失望。

　　待到冬至，北风割裂欲望，大雪覆盖执念，就该抖擞一身尘埃转身离去。生命里所有纷繁和心事，连同你，都消失在淡漠无声的世界里。时光可以带走悲欢，淡化疼痛，有些事，只适合收藏。

　　有些回忆不一定美好，却十分重要。年少错失的爱情，都会以青春的名义来弥补，我们都曾青涩如雾，后来眉眼如故。

趟出这片枯寂，就趟过生长

1

你幻想过自己以后的生活吗？

二十岁的努力将会成就怎样的三十岁的自己。

你有没有实现年少的梦想，是草草找了份糊口的工作，成为一家之主，还是嫁为人妇，早早便相夫教子；是独自一人住在百万人口的繁华城市，却备感孤独，还是明明到了独立的年纪，依旧还在翻着生涩的书本，向着一个看不见光的路口奋力奔跑。

人人都说韶光贱，人何尝不贱，明知残酷也要尝试，明知无望也要心有希冀，明知无缘良人也要辗转难眠。

你所生活的这些年，何尝不是以牺牲自我的天性去求得世俗的认同。

你是从什么时候起丧失了对生活的想象的？

有人给你画了一个圆，你不再仰着脸笑着说那是个太阳，而是捏着下巴若有所思地写下圆的计算公式。

你看，你终究被这世俗磨平，忘记了悬在回忆里的太阳，仰仗着学会的本领获得一个丰衣足食的生活。可你真的能够丰衣足食吗？还是在无数风雨凄凄的夜里，像重疾卧榻的杜甫，含痛写下"长夜沾湿何由彻"的感叹，你尚未有忧国忧民的情怀，暂凭眼前的种种就会焦头烂额。

也曾摇指笑春风，如今风扫过脸颊也不会皱眉，能让你喜怒哀愁的不再是简单的云与月，而是生活的酸甜苦辣。

你曾读过许多让你热血沸腾的文章，你想过一个能让你热泪盈眶的日子，你以为拼尽全力就能换一个心满意足的结果，你远走他乡那年暗自发誓要荣归故里。

顺着时间的脉络，你的心裏满了飞扬的尘土和结痂的伤疤。

你焦虑吗？

我曾听人说，解决焦虑的唯一方法，就是化解焦虑。焦虑如同失望，它不是突如其来的，在你攒够之后就会爆发出来。积少成多的道理你懂，积重难返的后果你也明白，可你还是把一切都赌在了最后，最后自然会焦虑。

你不理解为什么有人会不慌不忙地快速成长，而自己却手足无措地与生活为敌。所有的焦虑都是生活的恩馈，也是你给自己的诉状，在一切还来得及之前，别像个孩子一样大喜大悲、轻言放弃，沉下心去放慢脚步，趟过枯寂和洪荒就是成长。

你笑着说，去他的人生吧。

2

记忆像把锈蚀的青铜锁，模糊了眉眼，斑驳了纹理，只剩笨拙的躯体悬挂在岁月深处，也静默，也喧哗，也曾笑春风，眉眼之间尽是薄雾浓烟。

但它终究是人生中的细枝末节，以细碎的过往撩动沉重的当下，人生几载，能有多少时光是无关风与月，闲听笛声绕牧野。

值得人真正痛苦的事情寥寥无几，大多时候都是体肤之外的无关痛痒，可若当真痛苦时，那也是无能为力的。

比如生命中不得不离去的人，不得不离开的地方，为了某个能抵达的终点不得不卷入一场洪流中，并不是我们被动，很多时候，主动是苍白无力的。

你可以种一株花知晓冬去春来，却不能改变春去秋来的这个不可逆命题的事实。

你这一生行走在这苍茫大地，你觉得行走的方圆几里就是这一生，洋流从西伯利亚飘到太平洋，季风环绕过整个华南原野，你从那个指着北斗七星问题满兜的小孩，成了不再仰望星空的匆忙旅人。

3

后来的你，活成了什么样子？

"如果"和"后来"是一对反向残忍的词语。一个是不甘，一个是释怀。如果没有如果，后来也有后来。人一旦开始感慨后来，就已陷入尘世，活在后来里的人眉骨间是温润，成为后来的人眼波里是辛酸。这一切你都懂，可你无法更改这个事实。

刘若英在电影处女作《后来的我们》里讲：

后来的我们，为了谁四处迁徙，为了谁回到故里？

后来的我们，为什么赢了漂泊，却输给了孤独？

后来的我们，经历过春运的人海，为什么还走失在未来？

后来的我们，有多少跑赢了时光，有多少弄丢了对方？

后来的我们，为什么在拥挤的人群里，还觉得自己孤身一人？

后来的我们，有多少衣锦还乡，有多少放弃梦想。后来无非是现实丢给你的一把利刃，撕破理想，划开坚强，在无尽的岁月里燃烧。它不是让你迷茫，也不是让你失望，它教会你与这个世界相处，在岁月沉淀之后依然能嘴角上扬。四处漂泊后回到故里，时光交错里弄丢了对方，人潮拥挤中独自前行，放弃梦想后以另一种方式成长。

你的人生不被任何人设定，你可以顺世而活，也可以逆世而生，你可以闲听笛声绕牧野，也能扼住命运之喉，拥有一个激荡的人生。

光影浮动，终归沉寂，一切悲欢，终将长眠于土地。后来的我们都散了、醒了、哭了、疯了、死了，后来的我们再也没有后来。

后来终会来，莫失望，趟过这枯寂，也趟过生长。

山野有薄雾，人间无孤岛

1

　　奇是和我一个班的男同学，大高个，习惯背四方形的牛筋布书包，终年穿蓝色牛仔裤、黑色棒球服，戴着黑框眼镜，笑起来憨憨的。典型的学霸形象，确实，他是个学霸。据我所知，他在宿舍并不受欢迎，并不是他的优秀被人所嫉妒，他们宿舍还有一位学霸，但却和室友相处得很好。而且，另一位学霸比奇成绩好得多。

　　先说说奇，虽然他口音和大家有些不同，但并不影响交流。奇从不参加宿舍内部的活动，室友邀请他，他常常拒绝，而且会发一些不屑的话语在空间动态里。奇学习很刻苦，上课时总是一个人占座在靠窗第一排。他每天早上五点多就会起床读英语单词，坐在床上背单词时脚还在床栏杆上打着节拍，被吵醒的室友当然很不乐意。

　　后来，室友好心提议让他改一改自己的习惯，而且多学习一下与人相处。可奇却不屑一顾，还将自己的大道理说得振振有词。后来，他渐渐被孤立了，或许他只是看起来孤独，或许他需要有志同道合的人，可我却并不羡慕。

还有奇同宿舍的另一位学霸，也是好学生的形象，但他却与宿舍里的室友相处得很融洽，他早起晚归在自习室学习，周末时也会和室友一起出去吃饭，或是想放松时一起打游戏，开学时还给室友带来家乡的特产。可想而知，这位学霸很受大家欢迎，他懂得如何让自己更好地学习，也懂得如何与周围的人相处好。

大学生活，不仅需要智商，也需要情商。可能你会觉得，不就在一起住四年嘛，四年后没了联系，指不定谁过得好呢。可在大学认识的那些人或许是启迪你的人，或许是日后与你互帮互助的人。一个宿舍，如果你和三两个人关系不好，可能是志不同道不合，可如果全宿舍人都孤立你时，你或许应该从自己身上找找原因。

2

认识一个叫瑾的学姐，她是某个与学生会平行的组织的组织者。瑾不是学霸，但学习也很好，我佩服她，是因为她给自己安排的生活方式。瑾的性格外向，看起来是个江南水乡姑娘，实则是个坚强的女汉子。

有一次在自习室遇到了这位学姐，大中午的她还在学习，我问瑾怎么不去吃饭，她说等一会儿，当时觉得这位学姐的努力值得被敬佩，可当我看见另一位学姐帮瑾买了饭走进教室时，突然发现，你的努力有人陪同何尝不是一种幸福。

瑾在宿舍虽然不是最讨人喜欢的一个，但她有和自己志同道合的伙伴，一起努力学习冲刺奖学金，一起卖萌搞怪发朋友圈，和她一起的另一位学姐是会计系的前几名，妥妥的学霸。很佩服这样的人啊，过得不孤单，活得也很精彩。

你可以在宿舍找到同类，也可以在活动中寻到知音，或是相识于你常学习的地方的志同道合的伙伴。一个人可以走得很快，但两个人可以走得很远。耐得住寂寞是成功路上必须具备的，但为人处世也是必学的。我羡慕那些享受孤独的人，但也敬佩那些双商都高，将自己过得精彩的人。

3

就像韩寒说的，我听了许多道理，却依旧过不好这一生。我看了许多励志故事，却依旧过不成故事中的主角。想法需要被兑现，口号需要付诸行动。

很多人说在大学，孤独是一种常态，在大学，你的孤独是你比他们早懂得努力。许多名人也说过，通向成功的路定是枯燥孤独的。可我不觉得在大学期间你必须做苦行僧。居里夫人的孤独是投身研究，梵·高的孤独是不被青睐默默绘画，然而，大学是一个社会，不是实验室，你不仅要学习，更要与人交际。

很喜欢三毛在《送你一匹马》里的一段话：我避开无事

时过分热络的友谊，这使我少些负担和承诺。我不多说无谓的闲言，这使我觉得清畅。我尽可能不去缅怀往事，因为来时的路不可能回头。我当心地去爱别人，因为比较不会泛滥。我爱哭的时候便哭，我想笑的时候便笑，只要这一切出于自然。

我活得简单，活得努力，活得随心所欲。我懂得什么时候该安心奋斗，也懂得什么时候该与人交好。

每个人通往成功的路是不同的，在大学，要选择最适合自己的努力方式。你孤独努力的背影很伟岸，但你可能只是被孤立。没有人是一座孤岛，有海鸥环绕，精彩也能以另一种形式回归。

在大学，你是不是也和我一样在人潮人海中孤独？

回首来时路，风雪夜归人

1

　　这是一趟自锡林郭勒到包头的列车，人很少，大部分都面色疲惫倚在座椅上补觉，邻座的老大爷戴着老花镜一下一下认真按着老人手机上的键盘，也有精力旺盛的男人们在高声攀谈，车厢中间列车员提高了沙哑的声音对同伴说："我连续三年的元旦都是在车上度过了。"

　　我抬头，看见蛋黄一般的太阳从地平线处缓缓升起，周边的树木在金色的阳光里显得层层叠叠。

　　又到了一个裹满忙碌和期许的时节，住在城市四面八方的人涌向车站机场，历经各种不容易回到那个称之为故乡的地方，也会有很多人守在自己的岗位上，喜欢或不喜欢都得待着。

　　年味在我们生命中所承载的意义从隆重准备的仪式感变成了只为兑现的敷衍，可这永远是我们的春节，我们须看看守候在原地的父母，须在酒桌上端起酒杯，笑着祝福彼此来年平安喜乐财源滚滚。

这一年，不论我们过得怎么样，都得郑重其事地去迎接。

2

在舟舟的书的封底看到这样一句话：人生这回事啊，就是泥沙俱下。

"泥沙俱下"这个词代表了很多层意味，那些可以称之为悲伤的生死离别艰难苦险，还有那些永远都无法用言语替代的千愁百绪悲从中来。

我们每一天都在和这个世界相拥，清晨浓雾里闪烁的红绿灯，步行着骑电瓶车的还有开着私家车的人，从清晨开始在马路上川流不息。

人生该走向何方，这似乎是一个软弱的人才会顾虑迷茫的问题，那些在为了生命中下一阶段而不懈奋斗的人，是没有空闲去思考 Where 的问题，而是在思考 How。

我曾觉得自己尚还年轻，很多厚重的情感不敢用文字去承载。然而，人生是姿态各异的，可每一个陌生的灵魂又都是相通的。

我们一样会感受到生活带来的喜悦和悲伤，无奈和忧愁，这贯穿于整个人生的泥沙，我们一同经历着。

3

梳理这过去的一年，似乎没有我预想中的厚重和清晰，可能即将经历毕业季，一切事情都尚未确定，整个人都处于一种若即若离的状态。

昨天和好友去吃火锅，两人以茶代酒干杯庆祝考研结束，这个只有自己能救赎自己的战斗，暂时性地落下了帷幕。

有一天，我提着书包和小板凳去生命科学院的顶楼找走廊空位，很有缘地遇到了考研自习室的一个女生，平时我们没什么交集，她正蜷缩在一个暖气片旁边演算数学题，见我过去，笑着打了招呼。

在一定意义上说，她是我在自习室学习的榜样，每次没有动力时我就看看她或她的书桌，在整个冬季，她都穿一件粉色收腰棉袄，下身是黑色的打底裤，她走路时快到恨不得跑起来，稀疏的两条眉毛总是紧紧地拧在一起，乍一看会让人觉得有些滑稽搞笑，但再看一眼，你就能感受到她眉宇间凝聚着的那股力量。

饮冰十年，难凉热血。

当我那天看到她的背影时就想到了这句话。她对我说："你知道吗？我觉得你好努力啊，每次看向你的时候你都在学习。"

我尴尬地笑了笑："哪有啊，我效率很低喜欢走神，其实并没有很认真。"

从3月份到12月份，我似乎做了足够的准备，可回顾这一路，我真的不敢说自己全力以赴，可我后悔吗？也没有，因为我知道自己不撞南墙不回头，有时候我需要一些惨痛的经历真真实实地告诉我：你错了。

那天见面之后，我们两个互加了微信，互相鼓励之后没有过多攀谈，她是一个没有朋友圈的女生，全部力量都用在考试那两天的试卷上面。

生活中我们总会遇到一些人，他们看似平淡无奇，实则拥有我们百分之九十的人难以做到的坚持、隐忍。他们的沉默总是无懈可击到让人心生害怕和敬畏。

而我，这一路因为很多原因丢了那些曾经拥有的特质，我一点都不聪明，很多人夸奖我是个努力的人，可只有我懂，我的努力很多时候是对我野心的一种讽刺。

如果说收获，我真切地懂得了有些鸡汤语录看似激励人，实则只有亲身经历才会懂得，当你认准了一件事情，只管去做。

情感也好事业也罢，人都不能太贪心，否则，万念俱灰的只有自己。

4

柴静说："生命没有那么分秒必争。觉得乱的时候，就停下来把自己整理清楚。然后再出发。沉住气，忠于内心，生命才饱满。"

这一年我们或许跑得太用力，又或许没能尽全力，当我们坐下来真正去回想这一年到底做了什么的时候，似乎又无法面面俱到，每一个为生活努力奔波的人都是值得欣赏的，人永远无法战胜这生生不息的岁月，但可以一步步战胜不那么完美的自己。

你那里下雪了吗？

我这里没有。

我知道我们的心里有场旷世大雪，湮没遗憾，覆盖执念，但愿我们都能勇敢对待，用一颗永不言弃死磕到底的心和这个世界对抗，这是我们仅有的也弥足珍贵的谈资。

柴门闻犬吠，风月夜归人。抱抱落尽尘灰的自己，余下的路，要用阳光映射白雪散发出明亮而温柔的光芒去度过。人生没有预设也没有重启，认真对待当下已足够灿烂。

浮生多少年，人间不值得

1

第一次听说"人间不值得"这个观点是在节目《十三邀》里，李诞对许知远说："我动过念头，但改变世界这件事情，挺扯的。"

后来，这句话在网络上风靡起来，大家好像都生了一种叫"丧"的病，开心时就发个朋友圈喊着人间很值得，不开心了就暗搓搓地抱怨人间不值得。

人间，该怎么定义这个如此宽泛的词呢？

我在自然杂志里看过一篇报道：在斯堪的纳维亚半岛，曾经发生过自然界最悲惨、奇幻的现象，成千上万只旅鼠从各路接踵而来愈聚愈多，它们离开苔原带的家乡踏上征途，为了生存它们跳崖渡河，活下来的寥寥无几。这就是动物界的集体自杀现象。

动物的本能是饱餐和生死，而人类多了一项意识思维。所以我们才会因为周遭的变化而劳心费神。

今天坐在车上看着熙熙攘攘的人群，我突然觉得人间本来就是冰冷的，因为有了人才有了温度，它不可能一直处于沸点，也不会永远保持恒温，而我们悲伤，正是因为，这温度无法匹配上内心的渴求。

所谓人间不值得，是不值得我们消耗自己的情绪，很多事不值得我们去斤斤计较。浮生不过百年，烟火人间常有。

2

母亲常常对我讲："你这样的性格，进入社会是要遭罪的。"

是啊。口舌向来笨拙，做事一贯耿直，别人稍稍示好就愿意敞开心扉全盘托出，永远是那个埋头苦干不会言语讨好的人，再加上自己易敏感又怕麻烦别人，向来活得不怎么快乐。

我以前觉得这些品格是一种特质，再不济就埋首做一个沉默的人。现实总不那么可爱，它会让人转着弯子绕着花样受伤害，那些让我引以为傲的生命底色，让我一次次受伤，也让我变得更强壮。

学校是个小社会，社会是个大黑洞，有人的地方就有竞争，我们不可能完全封闭自己。

原来自己傻乎乎忙的工作成果会冠以别人的名号，那些奖项啊、名头啊都是属于别人的，我也明白了原来人心真的可以自私到只为自己，承诺可以随便违背，有些样子上温温和和的人，实际上心狠手辣。

我为这些悄悄哭过，始终不明白为什么要这样，那时候我把这些事情放得太大，觉得这个世界让人失望透顶了。

可生活不能因为情绪的崩溃而停滞，看惯了这些面貌自己也学会了穿上一件件"防弹衣"，保持自己的人格底线和锋芒。

最重要的是，要懂得人生这条路不长，但走起来不容易，谁都无法预料自己下一步会遭到什么打击，烦扰于琐碎是会错过很多快乐的，人间不值得，痛苦它不配。

纪录片《生活万岁》记录了十四名普通中国人在 2017 年的真实生活状态，他们处在不同的年龄段，有着各自的工作。

其中有一位在拉萨蹬人力三轮车的老头。他老家在河南，为了养家，一个人跑到拉萨，蹬人力三轮，十多年，他无数次路过布达拉宫，也无数次把客人送到布达拉宫。但他自己一次也没进去过。门票一百一张，对于他，太贵了。一张门票是他蹬几十条大街才能赚来的钱。

后来因为身体原因，他终于要回家了。临走前，他和一群跟他一样的外来务工者吃散伙饭。席间，老头说："我不讲金钱，我单讲为人。"

第二天清晨，他离开了这个与他相伴十多年的拉萨，也离开了他没有去过的布达拉宫。

老头是千万中国外出务工人员的真实写照，在繁华的大都市谋生，却从未踏足城市的繁华区，就像在北京打工的人可能从没爬过长城，在上海打工的人，外滩从没有过他们的足迹。

而这谋生的三年、五年、十年，就是活下去的意义。

3

《海贼王》里白胡子问罗杰："什么样的人才能成为海贼王？"罗杰笑着回答："大海上最自由的人就是海贼王！"

为第二天升起的太阳，为坚持了很久的小目标，为父母朋友脸上的笑容，也为我们能一步步笃定抵达的明天。

人心叵测，万物无常，人间很苦，但我们依然要摇旗呐喊：生活万岁。这才是为人的真谛。

甚是喜欢贾平凹先生在《自在独行》里的一句话：这世上的事，认真不对，不认真也不对，执着不对，一切视作空气也不对，平平常常，自自然然，如上山拜佛，见佛像了就磕头，磕了头，佛像还是佛像，你还是你，生活之累就该少下来。

我们大多数人痛苦的来源多是不愿认清现实和认清现实后不愿接受。

众生皆苦，可每个人的内心都密封着一个罐子，有的人是橘子味的汽水，有的人是甘醇的蜂蜜，也有的人只是一罐清水，我们以各自的名义在坚守着属于自己的底色。

时间的发尾缠绕岁末，冷冬又深了一寸，生活总是这样反反复复，看似一成不变，实际上轻舟已过万重山。

年龄向来不会撒谎，它是树的年轮，在寂静中独自缓慢生长，而我们路过人间，成长不过是恰好而已。

风马年少不识修，回首已成眉上忧

1

如果说青春是个圆，我们站在圆内，这是个永远无法逃脱的圈。

我们一路前行也一路回首，最动容的岁月就是青春，无论是埋首苦读还是叛逆张扬，我们曾经历过的十七八岁的年纪终究成了那个遥远的圆心，任凭我们绕周旋转，也难复沧海。

刷朋友圈时，很多人在转发《等你下课》，点开评论才知道，是周杰伦在生日这天发的新歌，有人笑谈他是唯一一个发新歌能占据各大榜单榜首位的歌手。因为他唱的不仅仅是青春，也是我们远去的情怀和记忆。

好的歌手千千万，能将青春这个主题唱进人心，曲曲爆火的人，在我心里只有周杰伦。

我并不是周杰伦的粉丝，没买过他的唱片，没买过周边，更没有去过演唱会，实在不是个称职的听众，但他唱过的每一首歌都在我青春里留下了浓墨重彩的痕迹，以致经年之后再次回忆时也难以释怀。

第一次听周杰伦的歌是在我爸买的光碟里，一曲《江南》唱完之后就是《七里香》和《东风破》，那时候才四五年级，还没懂七情六欲，但听着这两首歌再看着 MV，就觉得好听得要命，我爸嫌弃唱歌的人连字都念不清楚，趁我不注意按下一曲，于是我在他不在家的时间里打开 DVD 一遍遍听，握着拳头闭着眼模仿：雨下整夜，我的爱溢出就像雨水。

2

初中那年，我暗恋过一个临班的男生，天知地知还有我知。他喜欢穿黑色的衬衣，前襟有像领带一样的装饰，额前细碎的刘海在低头时会遮住薄薄的眼皮，他不太爱说话，常常耳朵里塞着耳机路过我的班级，我总是悄悄探着脖子瞟一眼，如果对上他的眼睛，心跳立马会加速，然后在演算纸上胡乱地写些字。

后来我成了物理学习委员，每次路过他在的班级去老师办公室时会比见老师还紧张，他常站的那个窗口正是我要路过的地方，心里惊涛骇浪，表面风平浪静大抵就是形容那时候的自己。

我唯一做过的勇敢的举动不是表白，是给他塞了一个歌词本。本子上密密麻麻写满了周杰伦和苏打绿的歌，稻香飘过的晴天散播在千里之外，我明明就很简单的爱却变成了不能说的秘密。

每个标题都拿彩笔加粗，工工整整比我的作业都好看。本子是悄悄塞到他书包的，我悄悄打听过，他喜欢听周杰伦，MP3 里也都是他的歌，而我恰好也喜欢听周杰伦的歌，送歌词本成了唯一不尴尬的交集。

晚上回家给音乐电台打电话点《七里香》，猜测他会不会听到，或者校园里课间放周杰伦的歌时会冲到走廊的窗户边，他也会站出来边和同学聊天边听歌，好看的侧脸我只要悄悄瞟一眼就脸红心跳。

我还曾尾随他去学校周边的磁带碟片店，给内存卡下载上和他一样的歌曲，然后塞上耳机骑着自行车回家，耳机里盘旋着的歌曲会散发出淡淡的暖意。

毕业时，我不知道他要去哪所高中，埋在心里的情愫也只能在心里枝繁叶茂，他曾给我分享过一只耳机，是在大扫除时他的耳机掉在了地上，我帮忙捡起来时说："歌很好听。"他顺势将耳机塞进了我的耳朵里，歌曲正巧唱到那句：想象你在身边，在完全失去之前。

"他的歌都很好听。"说罢我便摘了耳机回了自己的打扫区。

在完全失去之前，那是我们唯一的交点，轻浅却难以释怀。

我对他无所不知，他对我一无所知。

后来，我们读了不同的高中，不同的大学，也会留在不同的城市做着不同的工作。

曾经翻他同学的 QQ 相册时看到过一张他的照片，对着镜头笑着，像是十七岁那个漫长夏天，屋顶上漫天闪耀的星光。

再后来，听闻他去了北京，旧故里再也没有他的消息，我们彻底变成断了线的风筝，在各自的天空盘旋，只是再也没有人让我倾尽所有只为换一个眼神、一个微笑，再也没有。

3

这首新歌，并没有我想象中的好听，总觉得缺少些什么，他们说，华语乐坛的黄金时期就是 2003 年前后，出的那些歌至今都能让人单曲循环。现在来看，除了因为制作精良，更是因为那些年正是我们的青春年代，所有懵懂的情愫都迫切需要一个出口；而如今，以一个过来人的身份去听这些歌时，我们往往都会陷入深深的回忆中。

这几天正好在看村上春树的《1Q84》，成年后的天吾再次回忆起年少时喜欢过的少女青豆时，他再也没体会过在小学教室里被青豆握住左手时那种剧烈的心灵震撼，他再也不能遇到一个少女，给他内心留下鲜明的烙印。

这大概就是成年和年少的区别，一个无所谓，一个难割舍。

现在的我很少听新歌，列表里都是那几首听不烦的老歌和各种英文歌，囚禁在岁月的牢笼里，我们变得不再害怕失去，反而害怕回忆，那些曾被我们视若生命的人和事物就这样渐行渐远，不再有下课，不再有人等，不再有迫切地去见一个人的心思。

我们的青春终会体无完肤，也终将被时间打磨得刀枪不入。

很多关系到最后，也只是认识一场

1

　　年龄从十几岁跳到二十几岁，微信好友从几十到几百，接触的世界越来越大，身边形形色色的人也越来越多，似乎所有关于以后的数字都在疯狂增长。

　　可我们不得不承认的是，当身旁的一切都在营造一种热闹而充实的氛围时，内心却越来越封闭和孤寂。

　　你有过这种感受吗？

　　有人问你，某某最近怎么样？你们不是很好吗？你张了张嘴把到唇边的话又咽了下去。其实，你也不知道你们是从什么时候起不联络的。曾经默契的相遇相识，到最后默契的疏离陌生，有些关系似乎彼此都懂得了点到为止的道理，像横亘在时间长河两端的星宿，明明彼此还熠熠散发着光芒，却再也辉映不到对方。

我有时候会幼稚地觉得这是一种惩罚，是时间在我们成人后给予的第一把匕首，它告诉我们，这世上不是所有到来的都是能够停留的，不是所得到的都是能够永恒的。

2

大学里老师讲过关于他与他朋友的一个故事。

两个人都是在农村里长大的，只不过老师听话地选择了读书，老友辍学后四处打工，最后又回到家乡成了本本分分的农民。

圈子不一样的人，连话题都难以融合在一起。老师和老友相见的场面虽不像鲁迅与闰土那般隔阂深重，是让人透不过气来的高墙。但因为彼此生活的环境接触的人和事不同，自然没了共同语言。

两人的话题只有一个：回忆。一起回忆儿时一起做过的捣蛋的事情，一起去那家以前常常去的网吧。

没有矛盾，没有争吵，我们就这样越走越远，不仅仅是生活的距离，更是心的距离。老师说："我知道我们现在不一样了，但我更知道，他是我儿时的玩伴，是我的老友。"

张爱玲的理解似乎更为通透。

张爱玲与炎樱读大学时是要好的挚友，随着生活琐碎的填补，炎樱不似从前一样，两人在谈婚论嫁之后有了不同的价值观。炎樱嫁给了一位富翁，沉迷于金钱，她常常穿金戴银向张爱玲炫耀自己。而那时的张爱玲嫁给了多病而贫穷的赖雅。炎樱一次次不顾张爱玲的感受到处炫富，让张爱玲明白了，原来再好的朋友也会因为三观不同而远去。

后来，两人没了来往。

炎樱写信说："为什么不再理我？"

张爱玲说："我不喜欢老是聊几十年前的事，好像我是个死人一样。"

我们这一生之中会遇到很多的人，点头之交也好，推心置腹也罢，到最后能留下来的寥寥无几，有的人走着走着就散了，小时候会哭天喊地地闹，但现在的我们，大多沉默地接受，这是常态，也是必然。

而那些留下来的，贯穿我们一生记忆的人，实属珍贵。

3

很多年以前我不喜欢听《最佳损友》，陈奕迅唱了那么多首歌，我独独在这首里得不到共鸣。刚放暑假那天，我的手机里出现了两通同一个号码的未接来电，是 K，因为打了两次，我寻思她可能有事情便回了过去。

K 有些尴尬地说是因为她电话簿里有一个和我同名不同姓的女生。

空气静默了几秒，我有些尴尬地笑了笑说，那可真巧。不足一分钟的通话，是我们十年以来最长的对白。

相遇有时候真的很奇妙，我是在上课的班级里与 K 重逢的，三伏天的燥热在我们对视那一刻突然冷却了下来。K 还是喜欢梳麻花辫，她的发量多，以前喜欢梳两根粗粗的麻花辫，而如今她将麻花辫低低地绑在后脑，是成熟的模样。

说起我和 K 的故事，再看看彼此疏离到无话可说，便觉得心酸。那时候我们的家离得很近，K 是我转学生活里第一个交好的女生，皮肤白白的，笑起来有浅浅的梨涡，看起来是个大个儿头，但说起话来细声细语的。

我们一起去读寄宿学校，学校刚建起来，校舍潮湿，我因为不适应总生病，K 怕我落下功课，就在第一排整整坐了一个月帮我写笔记。

新校园里没有超市，自备零食成了我们的头等大事，我喜欢吃方便面，缠着母亲给我装一大包。

印象中 K 总是吃榨菜，她的皮箱里似乎有拿不完的乌江榨菜，后来我提出了交换零食，于是两个女孩子每当熄灯后就蹑手蹑脚地缩在床铺上吃方便面就榨菜。

我也是后来才知道，K 的父亲当时在当地的工厂上班，榨菜是厂子里给的员工福利，她的零食只能是吃那一箱又一箱的榨菜。那时的夏日充溢着不想午休的念头，放学的路藏满了彼此的少女心事，赤脚踩进淌着冰凉的水的河流里，笑嘻嘻地争夺一个龇牙咧嘴熟透了的西瓜。

越是细小的往事，越能填补记忆里的空缺。没有生活的琐碎，也没有世俗的干戈，我们活得赤诚天真。如果再给我一次选择的机会，我不想认出来，我宁愿 K 能活在十年前的那个夏天，像个充满能量的小太阳一样冲我喊：

"快走啊，我们一起去摘葡萄。"

薄荷叶在台阶下一簇簇葱茏过一个个春夏，可我们最终没能等到葡萄成熟。就像歌里唱的一样：很多东西今生只可给你，保守至永久，别人如何明白透，实实在在踏入过我宇宙。

我曾一遍遍练习与 K 重逢时，我会如何和她讲我这几年的际遇，可如今，她就在我微信列表里，我们没聊过一句话，没互评互赞过朋友圈，甚至连备注都没有改。

像是时间给予的惩罚，把一颗颗曾经热气腾腾的心冷却，有些人明明来过，他曾鲜活地存在在某个年纪某段记忆里，闹腾、莽撞、赤诚天真，可也真的离开了，安静、沉默、疏离陌生。

4

黄伟文在专辑《十年选》里写下了这段话：其实我一直怀疑杨小姐（杨千嬅）不曾喜欢过我为她写的歌词，那些道谢，直觉上都是客套话。但一直不太喜欢却一直采用，也许是种更伟大的包容，而我，真的，都尽力了。

《最佳损友》这首歌，字字珠玑，在写黄伟文，也在写我们。最心酸的不是错过，而是明明记得一切却只能生疏以对，成年后连感情都变得小心翼翼和不留情面。

友谊的誓言有时候更荒唐，有些事残酷起来，连岁月都慌。总有人说，人山人海，做不到边走边爱。很难再将一腔热情付诸成年人的世界里，一辈子遇到过那么多人，我们会有自己的三观，自己的圈子，行走在属于自己的生活脉络里。能有过一段共同美好的回忆就足矣。

愿你年少心事都能如愿，往后与我无关也好。

我拼命想与世界和解，却和家越走越远

1

小学时读余光中的《乡愁》：乡愁是一方矮矮的坟墓，我在外头，母亲在里头。那时候尚小，不懂得个中滋味，只是觉得凄凉遗憾。

再大一些，学习朱自清的《背影》，他写父亲矮胖的身体翻攀过月台为自己买橘子。

后来，又读了龙应台的《目送》，她说家不仅是一个地方，更是一段时光。

回忆像是一条柔软的长线，延伸在过往的岁月和我们的四肢百骸里，随着年龄的增长，它也缠绕得越发紧，当有一天这条线断掉了，躯体也将随之灰飞烟灭。

2

　　我的青春期是在父母全权参与里度过的，没有自在的寄宿时光，从最初起就像是被困在笼子里渴望被释放的小野兽。

　　我悄悄埋怨生活单调乏味，放学回家总会看见母亲在厨房里忙碌的身影，做一会儿作业，就有热气腾腾的饭菜端出来，招呼着让我快点吃饭。

　　可那时候的我并不觉得有多美好，会嫌弃饭菜太咸，放了太多葱姜蒜，或者是因为母亲总唠叨让我先吃饭再做作业而恼火，我觉得自己生活在一个泥沼里，所有事情都将我捆绑。

　　窒息的日子里我把所有坏情绪写进日记。

　　我写母亲是个斤斤计较的妇女，写她唠唠叨叨像是台复读机；写我爸是个冷面虎，什么事情都和我对着干，我成绩考好考坏都面无表情，仿佛讨好他是一件难上加难的事情。

　　我窝在被子里看小说，看安妮宝贝笔下那个个性独立的薇安，看独木舟停留在各地的明信片，我真的很渴望逃离那个捆绑我的地方。

　　于是我幻想自己以后能有独立的房子，过自己想过的生活，我暗下决心，要考一所离家有多远就多远的学校。

　　这一年我走了很多地方，回家的次数屈指可数。

　　以前我总觉得是父母捆绑了我的青春，现在才渐渐发现，那些曾能与他们共度朝夕的日子却再难寻回。

就像一个独自走了很久的人，累到筋疲力尽后才懂得回到原点，然而却发现这竟成了一种望尘莫及的奢望。

3

刚上大学那年，我还沉浸在无拘无束的生活里，每天变着法吃各种垃圾食品，熬夜玩手机也没有人唠叨，所有小假期都被我安排得满满当当，却没有一个是关于回家。

我在的社团里有一个同龄的女孩，戴着圆圆的眼镜，显得很可爱，她说她逢节必回家，每次去学校都是父母两个人将她送到车站，她哭，父亲也会红了眼眶。我笑她是个长不大的孩子，上个学也哭鼻子。

是啊，我一直以为自己是个足够独立坚强的人，坚强到能一个人笃定地面对所有风雨。

母亲的手不再像小时候那般厚实，放在我手心变成了小小的一只，父亲的伟岸人设瞬间"坍塌"，我踮踮脚就能环住他的脖子，那个曾经背着我从学校走回家的人，现在连扛袋小米也要歇一会儿再走。

这几天实习都是在外面吃饭，没有学校好吃不贵的饭，才发现越来越想念家里的饭菜。

母亲打电话说的最多的话就是：今天吃了什么饭？一定要好好吃饭。我也总嫌她啰唆，唠唠叨叨翻来覆去就这几句。

可她又能问什么呢？

一个自己辛辛苦苦养育了二十几年的孩子，就这样拱手让给这个世界，她只能在电话那头说那句苍白又沉重的话：孩子，一定要记得吃饭。

外面饭菜的花样数不胜数，只要有钱有心情，你可以 365 天不重样。

可你却再也找不到一个像母亲一样，花几块钱就能炒一桌子菜的人，你一边夸赞楼下阿姨卖的煎饼好吃，一边又想起了母亲放了葱姜蒜的饺子馅，你看着菜单上几十元一盘的小炒，最后还是去便利店买了桶方便面。

你看，你努力想和这个世界和解，最后却和家越走越远。

4

之前在微博看一位博主写了这样一句话：今年我去了许多城市，走了许多路，却没有一条是通向家的。

当一个人走了越多的路，有了更多的阅历，也会逐渐发现，最后自己最应该也最难抵达的就是家。

我还是不想承认我想家的事实，就像当年我倔强地说我想逃离那个捆绑我的家。

我们四散在世界各地，为二十几岁不甘平庸的人生努力，为三十几岁承担家业的压力而努力，为自己的明天而与世界厮杀。

一个地方之所以值得怀念，是因为它承载了我们不可磨灭的记忆和无法释怀的人。时间真是个残忍的东西，在过去的日子里我如同锋利的顽石和朝夕相处的父母对抗，当被现实磨平后，千言万语都换不回那些破碎的时光。

这个世界总有人在偷偷爱着你，父母便在其中。

学生的假期会过去，工作后的调休会过去，我们会卷入更大更繁复的生活洪流里，就像那篇备受共鸣的文章所讲：世人都想拯救世界，却没人想给妈妈洗碗。

我们都想让自己过得好，然而，在遥远的地方有人更想让你过得好。在有限的日子里，对待父母柔软一点，是他们给予我们蓬勃的生命，让我们有机会离开家活成自己期待的模样。

当知人情薄如纸，一朝别离变路人

1

小学转过四次学校，与近二百个同学在一个教室相处过，可如今能和我互诉衷肠的只有一个。

初中学校是重点中学，班里有四十五个学生，有两个和我成了很好的朋友。

高中时因为分班有了六十多个同学，现在和我要好的只有三个。

你一定会说我人缘真差，读书这么多年，结交的好友都不过十。可我觉得挺好，求其精，而不是求其多，遇到那个猜透我心思、久久不联系见面时也能无话不谈的人我就很知足了。

每个人都是一座孤岛，有时候我们没必要强求有人将我们环绕，你终将孤独地与这世界周旋。

2

假期的某一天看到两个大约十岁的小姑娘牵着手出来，因为其中一个一只手里拿了包，她就换了另一只手牵着那个姑娘，紧紧的。

我有点哑然，当年的自己也是这般小心翼翼呵护着自以为天长地久的友谊。后来上了中学，才发现女生的很多友谊只是结伴去卫生间去超市，然而放现在，有时候连结伴也懒得去。

生活中遇到太多志不同道不合的人了，自己也渐渐地发现没必要像小孩一样维系着薄情的关系。我们可能只是顺路同一班车，到站后，各自天涯。

周末和仔仔聊天，她当初和我报在同一所大学，只不过不在一个校区。她说她假期回家去取身份证时遇到了高中同学。和人家相比较，她才知道自己如此荒废了两年。同时进入大学，同样的专业，人家该有的证书都拿到手了，现在又在准备其他专业的证书。而自己竟两手空空。

我了解的仔仔是个粗线条的姑娘。生活习惯有点懒散，对学习没有规划，大一刚进学校时，因为新鲜感，而且室友都是来自不同地方，几个女孩每天出去玩，早晨一般过了十点才起床，没课的时候就约着逛街或参加活动。整整一年，仔仔融入宿舍生活似乎过得很不错。

环境对人的影响很大，尤其对于一个自制力差的人。仔仔合群的一年半后，才知道自己和之前的同学已经甩开了很大的距离。

选修课老师曾说，合群是堕落的开始。这句话在网上也被说得磨出了茧，重点是，你所在的群体是自甘堕落，而自己还不以为然。

3

要么庸俗，要么孤独。人情冷暖在我们长大的过程中渐渐渗入生命。

以前会很鄙视和人面子上装得很好的人，觉得不真诚。现在也不喜欢，可在成长的过程中你会发现这些是不可避免的，你不可能和所有人都赤诚相待，总有些群体需要你微笑面对。珍惜该珍惜的人，这就够了。

阿惠和我一起长大，比我大三岁。我还在读中学时，她常常假期回来和我炫耀她的大学生活。那时候的我被她灌输了很多思想，比如，广结朋友，总有一个会对你有帮助。

那时候我也很好奇，为什么阿惠和我说的不是学习而是交朋友，她把人缘这件事看得很重要。

我很担心的问题是怎么和室友相处好，她给我讲了很多，讲她和一个女孩孤立另外一个女孩的故事，现在想想那时候真的很天真，把短暂当成永远。

她还讲她参加了很多课外活动，结交了很多厉害的人。阿惠说认识更多的人可以让自己增长更多的知识。

可那些人终究是躺在列表里的名字而已。想要优秀的前提不是认识多少优秀的人，而是先丰富自己。当有一天你变得优秀，你想要的鲜花掌声自然随之而来。

　　阿惠已经毕业了，我们还会在假期的时候聚在一起聊天，但我从她口中听到的不再是频繁交友，而是找工作。她说她现在都很少参加活动，就连同学聚会也不怎么去了，她想找个安稳点的工作，而那些曾经参与过她人生的人早已烟消云散。

4

　　我曾经和一个女孩很要好，我们一起给布娃娃缝衣服，一起逛街，一起买冰激凌，记得那时候还比较流行写信，我们给彼此写了很煽情的话，还在放学后一起规划了未来要住的房子的格局。

　　后来，因为我的转学我们有了短暂的分别。我很念旧，放不下旧人，舍不得扔旧物，有时候像一个拾荒者一样，却把生活过得一团糟。我在分别后也去找过那个女孩，可我们都变了模样，她只是笑笑说："是你啊，后来我们在一个中学读书，见了面只剩下打招呼。"

　　可能我们都经历过失去朋友很伤心的那段时光，可过后我们也会发现，这是时光给我们的恩赐，它会给你留下最合适的人陪你走最长的路。得之我幸，失之我命。我们没有必要为了一个过客而戚戚长叹，生活还要继续，忙碌的人还要赶路。

与人相处是一门艺术，但合群并不代表就相处得好。有时候我们只是做了无用功，该放下的东西却视作珍宝。尤其是在大学里，那些社团学生会的人际交往有时候远远不如图书馆里的书本来得实际。

我不善交谈，我不喜喧嚣，我不肯低眉，我不觉得孤单，因为在我喜在我悲时有人相伴就足够了。我还要走很远的路才能遇到我的未来，所以没有时间把你薄凉的心温暖。

·
·
·

愿你抛掉桎梏，
向阳生长

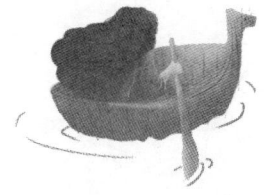

连自己都不肯放过的人，还如何过好这一生

1

　　之前在一本书上看麦家说："胸怀是委屈撑出来的，烦恼是自己穷想出来的，痛苦是人与人比出来的，心态是历练出来的，快乐是知足养出来的，健康是步行走出来的，慈悲没有敌人，智慧不起烦恼，解脱才更自在，放下自然轻松。"一个连自己的烦恼都处理不好的人，还怎么能处理好自己的人生？

　　我小学时在外借读，隔壁家的孩子大鱼是我的同班同学，可我从来没有在她脸上看到过同龄孩子该有的快乐，问题源于她的父母，大鱼的父亲是建筑工人，经常戴着黄色的安全帽，穿落满灰尘的蓝色工服，每天下班后从衣服里掏出湿哒哒的八十元钱，世界上有太多这样贫困而平凡的家庭，为了温饱而奔忙。

　　可大鱼的妈妈对这个家庭似乎永远充满了牢骚和抱怨，我

经常听到大鱼的妈妈在院子里叫嚷着，大鱼很多时候会来找我做作业，写着写着就眼巴巴地盯着作业本不说话。

后来从大鱼的口中得知，大鱼的妈妈是个嫉妒心极强的女人，她见不得邻居家新添置的家具，见不得朋友新买的衣服首饰，于是，常常抱怨大鱼的爸爸，可那个老实的男人除了浑身力气别无赚钱的方法，久而久之，受不了大鱼母亲的抱怨，两人便开始了无休止的争吵。

一个人满腹心事的人不可能活得快乐，大鱼的爸爸夜里和妻子吵架，而白天又要从事高危工作，在大鱼六年级那年，因为失神没注意到下落的钢筋，被砸中大腿，住进了医院。

经过这件事后，大鱼的母亲才意识到自己以前是多么蠢。安于现状有时候会让人觉得你没野心没志气，可当你处于某种无法改变现状的状态时，该做的事情是要过好当前。

你明知道抱怨无济于事，为什么还要给自己的心里强添负担？生活的鸡毛蒜皮可能是烦恼的来源，可早晨的晴空万里也会是你放下的缘由，你放不下的不是志在四方，而是满腹牢骚。

2

潇潇对我而言是个特别的存在，她是我多年的好友，我见证了她从低落萎靡中一步步走出来的全过程。

在还没有面对社会带给自己物质上的压力前，潇潇总是一副心事重重的模样，她总说自己有别人没有的烦恼，总说自己控制不住自己，我安慰她，没有人永远像表面上那般光鲜亮丽，也许白天开心的人夜里撕开伤口后鲜血淋漓。

潇潇的父母关系并不是很好，家庭里也总是矛盾重重，她常常下课后一个人在走廊角落里发呆，我都忘记了我曾有多少次装作智者的模样开导她。高考时，因为发挥失常，潇潇和自己的目标大学擦肩而过。

后来，我们一起读了大学，人在不同的环境里会产生不同的情绪。成熟后的她渐渐懂得自己当年那些无病呻吟的悲伤。大家都很忙，没人会迁就你的负面情绪。曾经有个实验：一个小女孩在班级里第一次哭泣的时候会有很多人来安慰，可如果她的哭成了常态，便没有人再管她。生活如此，你总是愁容满面，他人都会选择敬而远之。

我心情不好时会和潇潇聊天，突然有一天她告诉我："我害怕你的不开心，我们该拿出快乐生活的勇气，而不是沉迷于无谓的坏情绪。"

3

放下自己那颗作恶多端的玻璃心，有时候我们只是自己陪自己演戏。

高中时潇潇曾问我和人相处最怕什么，我说最怕突然的沉默。太容易玻璃心的我面对别人突然的沉默会手足无措。

当初和潇潇不是很熟的时候，我答应放假去她家玩，可约定去的那天晚上，她一直没有给我打电话，当时的自己觉得很后悔答应潇潇，不被重视还自己倒贴，挺晚的时候接到了潇潇的电话，她说家里来了客人有点忙，当时生气的我还没听清她说的话就说："没关系，我回家了。"

之后，潇潇给我道歉时我才察觉自己有多傻，她的下半句话是她找好了宾馆，要我过去和她一起住。

连自己都不肯放过，还怎么能放过别人。有时候我们给自己脑海里建立了太多人设，朋友没有给你的朋友圈点赞就怀疑彼此是不是疏远了，恋人没及时回信息就各种心烦意乱，大家都有各自的事情要忙，如果自己把自己活成中心，不累才怪。

一个清空的容器才能容纳更多的东西，一个心态安稳的人才能走得更远，是时候放下自己，放下心里的鸡毛蒜皮，收拾好心情，管理好自己，一步步踏实地重新开始了。

时间治愈的，是愿意自渡的人

1

作家独木舟在公众号里推荐了再版的《我亦飘零久》，她说，所有时光都不是虚度。

曾经大火的一句话讲：这世上没有白走的路，每一步都算数。第一次听的时候，我感动到眼眶发酸，似乎在文字的彼端，有人懂得了我曾经不留余力的付出和暗自吞泪的过往。

可生活被打回原形时，我还是发现，我们都循环往复着对这句话的怀疑和坚信，很多努力是不被肯定和总结的。所以才有了考公三年、考研五年、北漂十年、暗恋十八年……主角总期待心有所愿，可现实往往不近人情。

但努力总归是有用的，哪怕只是代表你用刷手机的时间跑了一千米。就像李尚龙那句话：大不了大器晚成。

2

　　哪有那么多光鲜亮丽被珍藏的宝藏，大多都是其貌不扬的摆件，被搁置在光怪陆离的被叫作尘世的货架上，呼吸着相同的空气。就算在人生的末端只沦为静默的摆件，我们也该庆幸当年不甘平庸的自己，让自己没沦为废柴。

　　刷微博时看到一张图，蜿蜒盘旋而上的层层石阶，因为曾经的脚步打磨而留下了深深浅浅的凹痕，有多少人曾拾级而上，步子或急或缓，或轻快或沉重，但总会留下连山风都难以腐蚀的痕迹。

　　这一生，我们看暮霭卷走春光，听朝晖漾起笛声，二十多岁的年纪，我们始终像个孩子一样试探这个世界，不是因为无知无畏，是因为渐渐懂得太多而感到不安。

　　当我们懂得，伸手向父母要钱多了分羞耻的隔阂，自己的万般努力不及别人的一句话的时候，当时间冲刷年华的齿轮，我们放下了酒杯，放下任性的时候，才明白原来脆弱的不只是一双会流泪的眼睛，还有人心。

　　二十多岁的我们到底负担着什么？像深夜穿梭隧道的列车，明明知道前方有光，却不得不面对冗长的黑暗，夹着陌生的空气和疏离的情绪，咬着牙穿过去。

　　这大概就是我最近的情绪，一面放大事实安慰自己，一面又将重负压迫给自己，间接性的悲观和乐观交错，有时候我甚至在想，我的文字大概不该被曝晒在阳光下吧，在角落里氤氲成水汽消散掉就好。

这算不算逃避？

3

前些天见洁仔，就着盘酸菜鱼，洁仔说我脸上写满了糟糕的情绪。我知道，即使我和她嬉笑打闹，也会被她看穿我低落的内心，她调侃道："真担心你会抑郁。"

说实话，我也有点担心。当一个人陷入了不断地遭受打击和不断麻痹自己的生活中，日日重蹈覆辙，内心颠沛流离无处栖息。这一年，莫名的丧感环绕着我，这大概是我最不愿意自渡的时候。

人都是会变的，音容样貌，举止三观。岁月改变的不只是皮囊，还有心智。

父亲曾是个话不多的人，讲电话总是重复着那句：你要吃好，别为了省钱不吃饭。我从最开始的笑着答应到后来的敷衍回应，几千米之外的他觉得我身暖胃足就是最大的幸福。

他总说："我知道姑娘大了会不好意思，你缺钱就和爸爸说。"

其实，每当这个时候我挺惭愧的，以二开头的年纪，早该独立。就算我能赚些外快，但总归实现不了经济独立，所以每每看到那些经济独立的年轻人甚是感叹，甚至有些埋怨自己，岁月碾压在我年轻的躯体上，沉重而钻心。

记得上个月我得了几百块的稿费，打电话告诉父亲，问他有没有什么想要的，父亲笑了笑说："买个手油（护手霜）吧，最近手疼得厉害。"

我想起了他那双宽厚龟裂的大手，以前总觉得干燥温暖，现在才发觉沧桑心酸。我知道他是讨我欢心又怕我失望。

好！我在电话这头压低了哽咽。

4

十二月的尾音即将落下，期待岁末的大雪封锁回忆。

这一年，无论如何，我们都没有虚度，这可能是你迷茫的一年，刚进大学，刚出社会。也可能是你无助的一年，逢考不过，水逆无期。也可能充满了惊喜和收获，一年下来分外充实。

这一年，或悲或喜，欢笑和泪水终将会被淹没在除夕的烟火中。

时间能够治愈的，是那个愿意自渡的你。也就是说，除了你自己，没人能够救得了你。

月初的时候，看见室友在列 12 月的计划，我看了看被自己设置成桌面的 12 月计划，提醒自己少吃垃圾食品，离开宿舍做点有意义的事情，保持乐观。

三句话醒目且空荡，我在暗示自己快点走出低落的情绪，转眼即将月末，也是岁末，我那三句空荡的计划也算不得实现，却时时像麦芒一样刺痛我，有些话，即使未能全数实现，但它所保留的意义是不让自己麻木。

我们该接受的，是长夜有终，白昼有尽；我们不该承认的，是时间能够治愈一切。哪怕只是粗略的开始，也该行动起来，并不是所有人都会以肩窝盛满你的泪水。

5

借用七堇年在《灯下尘》的序言里所讲：这不是一个静止的世界，万物流换不停。但在某种集体无意识的深处，人难免渴望着"美好的事物永存不移"——渴望一刻黄昏永不落幕，一则长夜永不天明……即使绝大部分哲学与宗教，都指明了这种渴望的不可求、不可能。也许恰恰是这种不可求、不可能，促使人不断追寻、又注定不断失落，所幸，这个过程能较好地填补活着的空无，并带来记忆的生动。否则，若一个人活着不渴，那也几乎等于无望了。

我们在岁末相逢，冥冥注定中维系着灵魂的共振，但愿时光所赋予你的，除了岁月无情还有指日可待。

注定离开的人，再用力挽留也是徒劳

1

　　小学同学欣离婚了，半年前还见她到处晒婚纱照，现如今却发离婚动态。她感叹，自己解脱了。

　　我了解到，其实欣这段婚姻很憋屈，作为我的同龄人，欣初中时就不读书了，去学了美发，因为学艺不精，一直在给别人打工。他和前夫因偶遇结缘，前夫名叫大宇，是某大学毕业生，有一份很体面的工作。两人都倾心于对方的颜值，爱情来得就像龙卷风。交往一个月后，欣带大宇见自己的父母，欣的父母知道自家姑娘学历不高，所以特别喜欢有学历又有好工作的大宇，欣的母亲常教导欣怎样和大宇好好相处，最好能结婚。

　　两个月后，两人还在甜蜜期，欣的母亲催促欣快点结婚，她也好把这颗悬着的心安定下来，大宇的父母本来不同意两人的婚事，可看到两个孩子爱得如胶似漆，就半推半就答应了。

婚后半年，欣说，感觉与大宇的距离越来越远了。欣早早就进入社会，不喜读书，喜欢声色场所，而大宇靠文凭吃饭，丢不得学习的老本行。刚开始两人还互相调和，让自己融入对方的喜好。可后来就变成了争执，大宇常常晚上加班写英语策划，欣很惭愧自己不能帮助大宇，对于策划，她一窍不通。所以只能劝大宇早点睡，久而久之，大宇渐渐不耐烦，甚至说欣，什么也不懂就不要管自己。欣觉得很伤自尊。

欣的工作没有周末，只能在节日假期闲下来。渐渐地，大宇周末和朋友聚餐，欣常常晚上看着床上空空的左侧发呆。爱情的力量很伟大，但热情过后，总会败在柴米油盐酱醋茶里，败在价值观和生活习惯的不同上。后来两人一言不合便吵架，欣的母亲开始极力劝和，她可舍不得这个金龟婿，最终，有一次大宇要带一份开会用的文件，而欣帮他拿成了另一份，下班后大宇狠狠地说了欣，不乏讽刺之词。

离婚后的欣说自己解脱了，她不需要再低眉顺眼对待自己曾喜欢的人，明知没有未来，不属于自己的人，离开也罢。

2

安是我在大学认识的一个姑娘，名字带着安，却是个不安定的女同学。因为都属于闲不下的类型，我们很快在社团中熟悉起来。

刚开始我很不理解安总是独来独往的行为，比如，我常见她一个人在学校附近的咖啡店喝咖啡，或是在图书馆看书，还有时候是一个人去兼职，我夸奖她是个风一样的女子，兼职也一个人说走便走。

后来她和我道出了其中的缘由。刚入学时她和室友相处得很好，甚至吃饭上课都是全宿舍一起，可渐渐地有时候一部分人等不及另一个就先走了，星期天各有各的事就不一起出去了，宿舍的气氛开始变化得特别微妙，后来，总会因为有人要先打水后吃饭，而有人要直接去吃饭这样鸡毛蒜皮的小事意见不合，刚开始安很不适应，后来她经常一个人做事，也想开很多，每个人都有每个人的事，她爱喝咖啡就自己去，不必强拉别人陪同，她有她静品咖啡的闲暇时光，别人也有别人热追韩剧的被窝时光。

拜伦曾说："真正有血性的人，绝不曲意求得别人重视，也不怕别人忽视。"其实，宿舍里，没有谁优劣谁高尚之分，每个人有每个人的追求，你不需要将自己的爱好强加于别人，也不必唏嘘他人的选择。终其一生，每个人都是一座孤岛，拥有自己的城堡，没有人有义务做你的潮水，随着月升月落将你环绕，不属于自己的人，强留也是浪费精力。

3

我内在的性格比较黏人，所以特别害怕失去已有的朋友。小时候好朋友虹在家做作业，我就去她家和她一起做，或是星期天主动找她玩，可越长大越觉得，如果你们的思想压根不在同一条线上，真的很难再维持这段友情，好的友情是即使多年未见但也熟稔如初，而不是两两相望，无言以对。我和虹一直是很好的朋友，后来，我去外地读书，她留在家乡读书，我们分开时还煽情地承诺友谊地久天长。

她天性爱玩，在教室坐不住，上高中那会儿选择了读技校。而我一直是中国义务教育下的苦行僧，高考完回去见她，我发现，我们失去了共同话题，那句友谊地久天长也随着分离消散在风中，虹的父母问我大概能考多少分，我说我也不知道，虹却冲出一句，你看你白念了这么些年书，还不如当初同我一样学技术呢。我尴尬地笑了笑，而后，她给我举了很多例子，比如她同学学了美容赚了很多钱等，我瞬间想起了鲁迅先生笔下的闰土，他们之间仿若隔着高墙，而我和虹之间也仿若产生了无法逾越的鸿沟。并不是因为她愚钝，我有文化，而是我觉得很心寒，我们之间，连基本的共同话题也没有，她没有为我这个刚高考完的好友着想，而是满腔读书无用论，我在她面前如同蝼蚁。

那天，她所说的话我一句也没有回应，我们之间，早已隔着万水千山，我们曾经那么友好，也敌不过时间的百毒入侵。自此，我再也没有和她联系。我们拥有着不同的锋芒，相处在一起只会两败俱伤，你不属于我，我也无须挽留。

建一座自己的城，迎接并珍惜那些真正属于你的人。

喧嚣之下饮冰十年，安静之上重塑自己

1

　　我刚入大学读的第一本书是毕淑敏的《西藏，面冰十年》，未启封前我想这一定是一本枯燥的书。

　　面冰有何可写？不过是苦行僧般的生活，日复一日地重复烂熟于心的东西，在这个过程中不断地推翻复盘。可当我读罢，脑海中一直重复着作者那句话："你必得一个人和日月星辰对话，和江河湖海晤谈，和每一棵树握手，和每一株草耳鬓厮磨。你才会顿悟宇宙之大、生命之微、时间之贵、死亡之静。"

　　你也曾是那个仰望星空的孩子吧？在静谧的夜空之下指着西北方向稚嫩着声音询问北斗七星是什么模样。生活将我们的纯粹剥离，从此与喧嚣为伴，但我们的每一次成长一定是在安静中爆发的，它不是声嘶力竭，而是悄无声息。

2

　　前几日我收到一个读者朋友的问题，她说，你感觉到过孤单吗？那种和这个世界格格不入的感觉，没有一个人真正地懂自己。我想告诉她：我一直是这样。但最后换了口吻，我说：独处其实是我们的常态。

　　正因为是常态，我们才应该把每一块孤独的空白填补成自己想要的形状，喧嚣是个空有其表的巨型野兽，而安静才是能制服野兽的美女。

　　特别佩服一个名叫陈诗远的女生，同为 1996 年生人，她却比同龄人成熟豁达。

　　很早之前看她的一个视频，在聊到自己这几年是如何一步步走来的时候，她说，高中读书时，原本自己的成绩读名校是没有问题的，因为一些事情，她休学了一段时间，再去参加高考的时候，勉强过一本线，去当地读了一所二本学校。在诗远的认知里，自己所处的环境并不能决定自己的发展，而安静重塑是我在这个优秀的九零后女孩身上学到的最闪光的特质。

　　她所学专业是英语翻译，在大学期间抓住一切资源去提升自己，当现场翻译、直播翻译，当志愿者，申请去联合国实习，作为一个平凡家庭的孩子，诗远活成了我们所羡慕的模样。

　　可没有人的成功来得轻松，用安静对抗喧嚣的艰辛只有自己明了，没有人看到她从广东坐着硬座去北京独自学习的样子，没有人在意她熬了多少夜赶了多少工作。

在我看来，我们真正重塑自己的机会屈指可数，心理学上有两个概念，一个是最佳发展区，另一个是最近发展区。最佳发展区就是指我们无法改变的人生之中少有的几个发展高峰期，比如身高。最近发展区就是指我们在外界的帮助之下能够比原本的自己提高的区间。如果说学生时代的我们被抹杀了天性，被老师家长课业无限挤压，哪怕有一丁点儿的狂妄之想都会被剿杀得寸草不生，那么在大学期间和初入社会这几年一定是我们重塑自己最好的年纪。

就像书中写的一样："我知道自己从此喜欢清静和安宁，喜欢纯正和简单，喜欢透明和坚硬，喜欢宁为玉碎不为瓦全。"

3

你见过最快速度从失恋情绪中走来的人吗？有人一定会说，这种东西，如果真的动情了，能解决的只有时间和新欢。

我们之所以觉得难，是因为要投靠外力，是的，这种情绪内力已经紊乱，是连自己都无法控制自己的，你走在街上目无焦距六神无主，你躺在床上泪水就顺着鬓角不自觉地滑落，你吃饭走路逛街都像是被上了发条的玩具，都是毫无意念的重复。你每天晚上躺在床上都要告诉自己：喂，明天可不能这样，生活还是要继续的。

可第二天，一切都又破功，一个人熬的日子可真不好受。

可一个人熬的日子，才是真正让你探索自己的时候。

去年夏天，我开始学着做手账，因为是手残党，就去找各种博主的帖子学习。有个女生的粉丝不多，但手账做得非常精致。我私信她学习一些做手账的方法，后来熟悉起来我问她怎么想起做手账，她告诉我，为了快速忘记一个人。

做手账是一件很容易提升幸福感的事情，把每天所有情绪记录下来，拥抱那些值得开心的，日子自然一天天明媚起来。

文子说她和男友谈了两年多恋爱，但两个人来自不同的地方，毕业后，男朋友执意要回去发展，而自己又要留下来，后来不得不分开了，最让人心痛的不是不爱，而是明明爱着，却谁都不愿意为了这份爱再跨越一步。文子说她用尽各种方式去疗伤，后来也才懂得了那句话，其实，后来的我们就会明白，无论我们爱过多少人，在一段段恋爱中学会了什么，到最后就会发现我们学会的是如何爱自己。

成年人之间的谈话不是比谁嗓门大，而是谁的谈吐得体，成年人的生活也不是比谁的热闹非凡，而是谁的有滋有味。光影浮动，终归于寂。喧嚣不过是我们这一路走来所要披着的外衣，而安静才是真正地重塑自己。安静是一种力量，它让我们学会反思学会沉淀，无论走多远都懂得回头看看来时的路。

内心有数，才能抵御生活中的变数

1

生活，生而为人，活下去。

这是个专属人的词语，因为有了能动性才有了生活。

"远上寒山石径斜"的静幽，"孤舟蓑笠翁"的闲适，可这明明该是一个充满烟火气息的词语，却总是被我们搅得乌烟瘴气，飘忽不定的际遇，时好时坏的运气，突如其来的沮丧和堕落。这些似乎成了我们生活中的家常便饭，隔三岔五跑出来搅一搅本来调整好的生活节奏和情绪。有时候也会觉得生活大抵是个薄情寡义之人，连起码的善待都不懂。

前几天一个学妹去北京玩，陪同她的还有两个室友。三个姑娘都大大咧咧地没做什么攻略，直接坐车就去了。

"学姐，你当时是在地铁站买的卡吗？"她发微信问我。

"嗯，刚出地铁口就有。"

"别在报刊亭买，去窗口。"末了我提醒她一句。

接着她发来一长串语音："就是在报刊亭买的，被坑了十元不说，现在我们的卡都退不了了。""而且，这次出来真该看皇历，我们的青旅订单出了问题，我们几个凌晨刚到那边，又去重新开了酒店，我同学开房间时才发现把手机给丢了……"

似乎有说不完的倒霉事情，最后她埋怨这次旅行都变得索然无味了。

你看，我们有时候明明已经整装待发迎接阳光明媚，可生活总会没眼见地来场倾盆大雨。

你要清楚它的来意，不是击垮你，不是让你麻痹，而是让你灵活调节自己去应对。去适应它的喜怒无常和来去不定，"把酒话桑麻"的陶渊明也可能因为下雨天变成了"床头屋漏无干处"。

2

读初中时，议论类作文图画命题有过这样一幅图：两个在沙漠中行走的人，突然看到前面放着半瓶水，一人很失落地说："唉，怎么只剩半瓶了？"而另一人却兴奋地说："太好了，还有半瓶。"

同样的半瓶水，同样的一件事情，发生在不同的人身上会引起不同的情绪反应，虽然这半瓶水最后都可以帮助二人解渴，但他们对待事物的态度会长远地反映在人生的际遇中。生活中突如其来的不确定有时候像是一张葱油饼上的芝麻，就那么大点儿的事儿，可总有人情愿做"豌豆姑娘"，一点点硌都受不得。

在教育心理学中，美国心理学家威特金将人的认知分为两种：场独立型和场依存型。

场独立型是指不受或很少受环境影响的人，他们是在内在动机作用下学习，常常会产生更好的学习效果。而场依存是指易受环境和别人暗示影响的人，他们学习的努力程度往往会受外来因素影响。

其实我们很多人明明懂这个道理，但总是做不到成为一个场独立型的人，就像那句经典的话所说：道理都懂，可还是过不好这一生。

有时候我们缺少的不是经验，而是心态。谁的人生不是磕磕绊绊？谁的一天二十四小时没有几分钟小失落？我们的心和胃有时是可以类比的，胃因为吃得太饱才会觉得撑，心因为装得太满才会觉得累。

生活这本如同武侠小说一样的书，我们要研究明天如何接招，而不是沉浸在今天遭遇不测的失落里，武林侠客如果成天病恹恹死气沉沉，还如何带着如花美眷浪迹天涯。

3

网上有这样一段话："生活是能量守恒的。一段时间特别倒霉，一段时间特别开心，日子都是流动着的，平常心吧，做自己生活的观望者，生活会轻盈很多。"我们有时候正是因为做不到观望，才会死循环般陷入一些杂事中磨磨唧唧。

这几天的我也很丧，像是被下了魔咒一样。一个从来不招蚊子的人每天跑完步回来脚踝都肿一圈包；点个外卖也能吃出塑料来；把自行车停在图书馆楼梯下面就莫名其妙被偷了，我跑去找门卫调监控他让我去保卫处，我去了保卫处，顶着啤酒肚满口黄牙的警卫员和我说图书馆的监控不归他们管。

生活啊，真是一摊烂泥。

打电话给妈妈，她安慰我别伤心，再买一辆就好了。倒不是因为一辆二手自行车的价钱，因为校园太大，我走着去自习室和操场真的很不方便，觉得那个偷车贼，连几顿吃饭的钱都懒得去赚，如果能量真的守恒，他在我那辆破旧的自行车上得到的价值大概会在另一处遭到损失吧。

向来容易被小事羁绊的我也渐渐明白生活的真谛，人都在日渐长大和成熟，就像阳光透过枝叶婆娑映射下来的光斑，有了缝隙才有了独特，倘若严丝合缝，就真成了一片阴影。

4

我们都是凡人，做不到"不以物喜，不以己悲"的圣贤心境，但掌握好自己的情绪，才能更好地掌控自己的生活，想笑的时候就笑个痛快，想哭的时候就大声地哭出来，但这些情绪千万不要牵扯在下一件事情中。

"我和谁都不争，谁和我争我都不屑，我的双手烤着生命之火取暖，火萎了，我也准备走了。"

在八月等一场雨停，晒干潮湿的心情；在九月等一阵风来，吹散升腾在心上的尘埃；在生活这摊烂泥里种花，在漫长的时光里等一朵花开；有甜有咸才叫生活百态，索然无味那是白水煮面。有朝一日，那些让我们愁眉不展的琐碎也终会让我们释怀而笑逐颜开。

那些从小就缺爱的人，后来都怎样了

1

太宰治在《人间失格》里有这样一句话：我知道有人是爱我的，但我好像丧失了爱人的能力。

大概就是这种感觉，很多人从最一开始，渴望被重视被关爱，可是长久以来得不到回应；到后来，当有一天有人愿意赤诚地对你投以关怀时，自己却畏畏缩缩地不再敢接受。

一朝被蛇咬十年怕井绳的道理我们都懂，缺爱的人往往像是十年被蛇咬，当有朝一日遇到了井绳，就退缩了回去。

不是不想接受，是害怕。

我们在需求被爱的时候，也在逐渐丧失一种正确输出爱人的能力，它无关别人的热议和评论，而是来自我们的心底。

2

　　我们在生活中，总会遇到一些从小就很敏感又很怕给别人添麻烦的人。

　　我去年兼职的时候，宿舍里有这样一个姑娘。她睡我的上铺，给我一种很礼貌的感觉，怕把我的床弄脏就自己上楼梯时从来不踩第一格，洗过衣服的地面都会擦干，一开始我觉得这个女生修养很好。

　　可后来发现很多时候她都是小心翼翼。我们和同事一起去吃自助餐，问她想吃什么喝什么她都说都可以，培根烤得有点多，她就往自己碗里多夹几块，工作结束那天本来可以叫我们帮她搬行李，她硬生生一个人倒了三趟把东西都拿下楼。

　　她说她怕麻烦大家，大不了自己多累一些。

　　在一次聊天中我才发现这种性格的缘由。女孩是家里的老大，她下边还有一个妹妹，因为父母都是工人所以几乎没有陪她的时间，她从小学起就自己洗衣服做饭，还要照顾妹妹，而且父母有些偏心，所以她从小就笼罩在这种只有付出而爱而不得的环境中。

　　很多时候，自己想得到的不过是一句嘘寒问暖，因为长久无人给予，也便懂得了冷暖自知。

3

就像电影《被嫌弃的松子的一生》里的松子：

因为从小父母偏爱妹妹，童年的她一直尝试走近父母得到温情，她像个懂事的大人一样百般讨好和表现，可换来的依然是冷漠。成年后的松子过得并不顺利，她赤诚地爱过很多男人，每一次都是放低自己姿态小心翼翼地迎合。

很多人觉得松子长得漂亮唱歌好听，不需要那样低声下气委屈自己。可只有松子知道，她这样做了才会觉得自己是真真实实存在的，才有机会获得回应。

归根结底，松子的性格源自原生家庭带给她的创伤。

自己用做鬼脸的方式百般讨好父亲，以一个姐姐的身份和妹妹分享心事，这些都成了她成年后人生中的一根根刺，在每一次与人相处中都警诫自己，如履薄冰地对别人投以热情，害怕不被接受就索性不去主动，减少社交，包裹自己，在别人眼中是个温柔善良的好姑娘，只有自己知道，那是一种勉强的从容和没有结果的付出。

很多人迟迟不肯接受爱情，可能不是因为眼光高或找不到，而是始终不肯接受自己，那个很敏感又害怕得不偿失的自己。

在一个论坛上看到一条这样的评论：我不敢谈恋爱，我害怕对方发现自己那袭华美袍子上的虱子。

因为沉浸在缺爱的无安全感和自卑中，觉得爱情是个只可远观的物品，近看便是满目疮痍。

4

可是，缺爱的人也一样值得拥有爱啊！谁不愿意这一生能有人敲开自己尘封的门，有人懂自己的那颗小心翼翼和无处安放的心。

原生环境确实可以影响一个人的性格，可在成年后，当我们发现自己这种情感缺陷时应该懂得救赎自己。

在倾尽所能去爱别人之前请先学会爱自己，你不再是小时候那个不被关爱的小孩，而是应该拥有满满的爱再去爱别人。

别再勉强和苦撑，幸福从来不是撑出来的，它源于自身的独立和情感的丰盈，当有一天你能笑着接受爱与被爱，总会有枝可栖，总会有人可依，总会舍弃颠沛流离。

你心事那么多，怪不得过得不快乐

1

这是我一位阿姨的故事。阿姨名唤玉，都说相由心生，一点都不假，玉是个大美女，杏眸红唇，生得娇俏动人，可她眉间总笼着愁绪，像是有千万化不开的忧愁。初中那会儿，我和她家姑娘晓晓在一个班，她天天去接晓晓，渐渐地我便知道这阿姨愁眉不展的缘由。

玉和丈夫很恩爱，有一个女儿一个儿子。女儿晓晓是标准的好学生，可儿子却不是个省油的灯。玉是一个好强心极重的人，晓晓平时考试如果退后两三名或考试没发挥好，玉必须要训斥一番，每次家长会，玉总是第一个发言问老师问题，也是最后一个走的。晓晓在母亲这样的压力下经常萎靡不振，上课也经常走神，有一次和我谈心，我建议她和妈妈好好谈谈，开导一下妈妈，可晓晓说，她们已经交谈了很多次，都不了了之。

相比晓晓，玉对儿子的投入可以用呕心沥血形容，儿子正值叛逆期，不好好学习，而玉极强的好强心一心想让儿子同女儿一般优秀，因此一个劲儿地把儿子塞到补习班里，这样往往是事倍功半。丈夫劝玉说，孩子还小，叛逆正常，凡事不能强求，过几年他自然懂得，可玉压根儿不听。后来玉查出了有心脏病，医生劝她要放宽心，孩子的成长不能强求，玉开始还安慰自己不再强行管孩子，自己找罪受，不过一个月，又回到以前的模样，为了防止儿子玩游戏，让儿子晚上和她睡，火山在一个晚上爆发，儿子从床上跳起来要回自己的房间，一气之下玉晕了过去。后来，我听说玉精神上有了问题，晓晓哭着说妈妈有时候连她也不认识了，或许这是玉的解脱，之前活得太累了。

这是一个失败的家庭教育的故事，可玉的结局何尝不是自己的心事重重所致？从母亲角度出发可以理解，可每个人的心就那么大点地儿，为什么要塞满心事和绝望。我们的心为了活着就已经够累了，就不要再徒增烦恼了。

2

青是我后来遇到的一个室友，话不多，性格有点内敛，但细细了解下来就会发现她是个爱在心里发牢骚又憋着不说的人，室友有时候星期天去外边改善生活，青总是不表态，跟着大家一起出去，闷闷不乐的样子，后来才知道，她因为想节省生活费不想出去，可又不想让室友觉得自己抠门清高，其实青如果说出自己的原因，大家都可以理解，可她憋着不说，心事自然很多。

青加入了学生会，因为换届时竞争压力挺大，她特别想留下来当部长，换届答辩那天，有老师在场，每个人轮流进去，大家都互相打探老师会问些什么问题，青其实早早知道了，可面对同伴的提问，她只说自己也不知道。结果可想而知。

有一天青不堪压力和室友说出这些，她说她特别不快乐。其实青还算善良，觉得自己良心不安，她做不到心狠手辣，自己又想获得存在感，当初心里那点不为人知的心事，最终狠狠地给了自己一刀。

3

从小被冠上了"懂事"名号，所以亲戚邻居见了我第一句话不是夸漂亮可爱，而是，这孩子真懂事。开始时我沾沾自喜，觉得早早长大得到认可真好，可越来越发现，懂事对于自己而言并不完全是一件好事。因为懂事，我十岁就开始自己洗衣服，我会担心父母工作累，赚钱养家不易，懂得生活不易是好事，但千万不能让这些负面情绪影响自己的生活。

高三上学期我一直在认真备考，那会儿班主任最常强调的两个事就是吃营养的东西和管理好情绪，家长会时一次次和家长强调不要影响孩子的考试心情。而我就是那个被影响的孩子。离高考还有两个月的时候，有一天深夜，我起床去喝水，听见了父母絮絮叨叨的声音，母亲的声音越来越高，内容是我爸擅自辞职不干，然后家庭负担加重等。前几次模拟考试一直挺好的我在最后一次却考砸了，因为心里总想着这些，复习时完全静不下心来，我一次次扔掉书又捡回来，因为自己懂事，不必要的心理负担添加在心上，我的高考成绩成了我高三一年考得最差的。

如今想来，当初的自己真傻，明明父母的事他们会解决，我犯愁也没用，为什么要给自己强加那么大的心理负担，得不偿失。

小时候大人们都喜欢夸懂事乖巧的孩子，可有时候，懂事并不是个褒义词，是自己对自己情感的压抑。比如小小年纪就懂得了柴米油盐酱醋茶的来之不易，比如受惯了家长里短而沉默待人。谁都不是圣人，每个人的成长轨迹是不同的，你可能生在书香门第知书达理，你也可能生于市井早尝世俗人情，我们明明是平等的，为什么要承受着与年龄不符的心事费力前行？

一个人的心理承受能力是有限的，空间都留给了心事，哪里还容得下快乐。

如果白天属于世界，请把夜晚留给自己

1

夜晚，是一天之中包容性最强的时间段。它属于灯火流光，也属于暮色四合。热闹非凡的是夜，寂寥无声的也是夜。它像一块软糯的橡皮泥任我们搓圆捏扁。

可太过于漫长的夜是一种煎熬，甚至有时我们无法分辨，究竟是该将灵魂安藏还是踏进崩溃的临界。

你见过一些普通人，他们在白天笑容灿烂，可你没见过，他们在深夜泪如雨下。你也见过很多优秀者，他们在白天像个超级英雄，可入夜后也会孤独地舔伤。

如果有一天，你突然遇见了夜里的我，请不要声张也不要揭穿，白天我为生活而活，夜里我想为自己而活，那个焦躁脆弱声嘶力竭的我，是最孤独的我。

2

作家乐小米曾说："世界上之所以有夜晚，就是留给那些有伤口的人，给他们一片可以独自舔舐伤口的黑，而且不易被发现。"

夜晚不仅仅留给诗人，也留给世人。

十二岁那年，一个叫成红的女孩让我第一次感受到，一个人的情绪真的可以行走在两个极端。她住在我宿舍对门，第一印象分数为负。

第一次见她是新生入学时，她穿一件大红色雪纺水手服，马尾辫编成麻花状高束起来，像个高傲的小公主一样走进来。她眼睛水灵很招人，讲话时声音洪亮。张扬、高傲、臭美，这是我给她的定位。那时候我在想，这样的人一定没什么忧愁。

直到在一次寒假补习的宿舍卧谈中，她推翻了我所有的偏见。

宿舍里只有我们两个人，她躺在我对面的床铺上一直在哭，她说："我真的很怕，我爸不让我读书了，可我真的很想读书啊。""我爸要我弟弟读书，我只能去打工，你知道吗？我真的好羡慕你，学习好，你爸对你又好。"

原来，那个看似高高在上的灵魂也会溃不成军。那个高傲身影的背后是苦苦的支撑。我以手指帮她擦泪，月光从窗户透进来，我看见那双水灵的眸子红肿如核桃。

很久以前我读七堇年的《灯下尘》，序言里有这样一句话：愿有人以肩窝盛满你的泪水。读到这句话时，我的脑海里全部是成红哭泣的模样，很惭愧，我的安慰只是徒劳，我也知道，我的沉默是对她最好的馈赠。

3

夜晚的宽容之处就在于给予世人一些不为人知的时刻，哭得肆意闹得彻底，等灯光重新亮起，又做回那个生活打不倒的自己。

我们常自嘲，当代人的社交状态是：在朋友圈里佛系，在微博里蹦迪，朋友圈是岁月静好，微博里是人间失格。

其实，每个人都需要一个只属于自己的空间，无关生活琐碎，只是情绪的宣泄，这是一个出口，是我们救赎自我的路。

去年冬天和朋友一起吃饭，谈到另外一位未到场的女生时，朋友 S 说："她最近是受什么打击了吗？怎么朋友圈尽是阴阳怪气？"

而另一位朋友 D 直接说："我早屏蔽她了，看着麻烦，自己那点破情绪还要发出来。"

那一瞬间我的脑海里冒出来的念头只有一个，如果我自己微博里那些几近崩溃的状态被他们看到，是不是也是这般评论。

火锅翻滚着热气，我突然失去了食欲。

人心不总是相通的，有时候明明靠得那么近，却无法了解彼此的心事，热闹的饭桌顿时生出了无边的荒凉。

一个月后，那个"阴阳怪气"的女生再没发朋友圈。再后来才了解到，那时的她，辛辛苦苦考研考公务员都落榜了，工作也处处不顺心。绝望之中，那些发在朋友圈的阴阳怪气的话成了她唯一的情绪通道。

有些时候我们需要的不是别人的安慰，再多的感同身受都不过是隔靴搔痒，只是希望有人理解，那个阳光灿烂笑意盈盈的是我，这个悲观矫情深夜崩溃的也是我。

我们都一样，活在阳光里，也活在阴影下。

4

飞扬跋扈的少女有不为人知的自卑，地铁上深夜抹泪的职场新人，人到中年日日困于生活牢笼的人，垂暮之时也会因为儿女之事暗自落泪的人，这样的例子太多太多。

不是所有光鲜亮丽都是一如既往的，它在阳光下熠熠生辉，也在暗夜中蒙尘披灰。我们都在努力让自己的人生变成喜剧，但这其中总免不了一些唏嘘。但这白昼不是永恒的，暗夜也不是无止境的。当代人的情绪很脆弱，偏偏周遭的人又不停地告诉我们要学会隐藏情绪。

一个人最佳的生活状态应该是学会合理把控自己的情绪。不要过度放大负能量，但也不要一声不吭日益积累，就算一包充满气的薯片，拿来吃时也需要适当撕开一个小口，何况一个活生生的人，崩溃并不丢人，但长久崩溃就是一种病变。

　　一天之中有二十四小时，我希望你把十二小时留给白昼，十二小时留给夜晚，把白昼留给生活，把夜晚留给自己。

　　这长长的岁月，每个人都不容易，深夜崩溃总难免，纵然有人冷眼嘲讽，我希望你也可以笑着说：

　　"阳光乐观是我，消沉悲观也是我，这不是我的常态，但也不是我故作姿态。"

你要善待别人，但别忘了先要善待自己

1

　　听姑姑讲了一个她同事云的故事，很有感触。云本科是金融专业，毕业后在一家银行上班。云是个美人胚子，身材火辣，被当地有家族企业的某公子哥赫看上了，云的家境很一般，云当初答应赫的追求一个重要原因就是赫家境优渥，但喜欢赫也是真的，两人都到了适婚年龄，而且正在热恋期，赫不顾家人的反对娶了云。

　　云本以为自己会过上衣食无忧爱情美满的幸福生活，不料，刚进门，婆婆就不待见云，虽然当初娶云的聘礼样样不差，婚后云确实也不愁没钱花，但婆家人完全无视云。云每天辛勤做好早饭，婆家一家人吃完便走，一言不发，每天云就像一个人生活着一般，她尽力讨好婆婆和丈夫，可换来的依旧是无视。赫本来对云挺好，可娶进门的媳妇，自己母亲也不待见，不久，就又在外面拈花惹草，用云自己的话讲就

是自己像一个活死人一般活着。最怕的不是白热化的矛盾，是冷漠的无视，对人心的煎熬。

我问姑姑云为什么不离婚呢，她自己有自己的工作，何必深陷在有名无实的婚姻里，已婚的姑姑说，其实云和赫还没有孩子，如果自己是云，一定会放手的。云真傻，就算没有赫，她也可以活得很好，何必委屈自己来讨好他人呢，自己都没有真正开心，拿什么来感染别人？

2

二妞是我后来遇到的一个室友，论人品，绝对是要竖起大拇指的，但她活得太累。有一次和我交谈我建议她稍微改变一下自己，别一味地迁让别人，她说自己总不由自主，可你改变不了自己，就只能委屈自己。

比如，她在宿舍是出了名的老好人，别人有什么疑难杂症都找她，晚上只有她没睡觉，就挨个受室友传唤，宿舍卫生总是她在积极打扫，互帮互助一家亲是对的，可当你的好心让别人觉得理所当然就变了味了。后来，没人再对她的帮助说谢谢，有时来不及帮别人的忙还会受人指责，她眼神里总含着委屈，明明是自己好心帮忙，还不落好，原因就是你忘了善待自己而一味地善待别人。

还有一次是她一个不太熟悉的同学问她借了五百块，对于学生来讲就少了一笔饭钱，她不想向家里多要钱，可那位欠钱的"祖宗"也不懂得借钱就还的道理，月末的二妞几乎是不吃午饭度过的，室友提议让她问那同学要钱，她怕同学也没钱，就一直没要，后来一位性格火暴的姑娘看不下去帮二妞去要钱，原来那同学早忘了这事儿，一个劲儿地和二妞道歉，二妞害羞地说了声没关系。你不说，永远没人知道你的内心有多挣扎。

后来，二妞报名进了学生会，她的勤劳能干待人好又继续发扬光大。她没心眼儿，从来不计较部里谁干的活多谁干的活少，中午有会要派一个人去，她去；给老师送材料，她去；上课期间有活动，她去。后来，部里有事是她的责任，受老师责骂也是她担着，可竞选部长时却没她，傻乎乎干了一年。

或许这也是情商问题，你的一千滴汗水有时候却不如别人一句甜言蜜语来得实际。可认真的人那么多，为什么要虚伪地活着。二妞明白了这些，决定不再参加任何活动，她开始把奖学金当作目标，认真去备考。

善待别人前一定要善待自己，你不是圣人，你的帮助需要被感恩。

3

其实以前的我和二妞很像，为人着想，但人缘烂得一塌糊涂，还总觉得自己很委屈，明明自己是付出的一方，为什么最后也是受害的一方。后来我发现自己错了，这几年我最感恩的事有两件：一是有机会多读书，二是我让自己的付出变得不再廉价和卑微。

因为给自己定错了位，不论在哪种关系中都要先学会善待自己，有尊严地帮助别人。父母太宠溺孩子可能会酿成孩子的不孝；情侣中一方一味付出就会发现，最后分开的原因一定是另一方认定了你离不开他；同学朋友间，你成了那个无尊严的付出者，一定也会是那个被伤害最多的人。

引用巴尔扎克的一句话：有一等人，天生的自私，对亲友不做好事，因为那是该做的，做了也得不到好处。而替陌生人服务，自尊心可得到满足，因此在感情圈内，离得越近的人，他们越不爱，对越疏远的人反而越殷勤。这等人的这些习惯的养成正是因为身边环绕着太多对他们无限迁就的人。善待别人之前先善待自己吧，这不是自私，是对自己人格的尊重，也是对别人的尊重。

若生活是座牢笼，能救赎你的只有自己

1

实习比起兼职有着不同的概念，记得大一时的自己傻乎乎地跑去卖头饰，站一整天赚五十元，整整坚持了一个暑假，那时候的自己，目的就是赚钱，想多些生活费。

现在想想，一个人最可悲的事情不是比别人差，而是格局太小。

这短短一个月的实习生活，很大程度上让我懂得了拯救自己的方法之一，就是放宽自己的眼界。

你学习的东西必须以最快的速度得到实践。职场不是个等你学习的地方，很多领导更注重的是结果，他并不在乎你的过程付出了多少辛苦和无奈。

实习的前几天，实习生统一接受公司业务和基本情况的培训，和在学校等一个周期才考试的制度不同，上午学到的东西，往往要求你下午就掌握。比如你刚学了公司的文档排版

和 PPT 制作的要求，下午领导可能就会让你做一份。没有任何叮嘱，但你必须按照要求来做。

其实挺像那句形容毕业生的话：尚未佩妥剑，转眼便江湖。

真正走进实习，我才发现自己以前对学习的愁苦其实都是一种奢侈，起码我们有缓冲的机会，在工作中，我们的缓冲就是不断地听从批评和返工，很多经验都需要我们自己付出后才能获取。

2

在成为实习生时，我们应该端正的一个态度是：我是要去学新东西的。

工作知识也好，处世技能也好，我们需要掌握与学校里的知识不同的东西。如果只是为了去赚那几百块钱，小时工也比这赚得多。我们在最初选择实习的出发点是眼界，不是金钱。

一开始进入职场，上级领导并不会派太重要的工作给你，往往是一些细碎的事情，很多时候，我们是个闲人。但这个时候该做的不是真正闲着，我们实习的公司不一定就是我们日后扎根的地方，但只要努力，一定能够让我们将根扎进更牢固的泥土。

不必计较学会了日后没用，越是闲，越应该充实自己，看看公司的资料、员工手册，了解每个岗位的分工，这些细节的学习，或许会成为我们日后工作中的亮点。

公司里有个管行政的女生，比我大不了几岁，一次开会时，我看她怀里的笔记本，和我们的一样大小，却厚了很多，她翻开记笔记时我才发现，那个本子里记录了密密麻麻的事项，用各种记号符和彩色便利贴勾画分类。

不是离开了学校就不用学习，越是闲，越应该让自己忙碌。

3

实习是我们从校园迈向职场的过渡期，明明不是正式员工，却需要我们郑重其事地以一个正式员工的姿态去对待。

在学校的时候，很多事情我都是用"拖"的态度来对待，复习拖到快考试，值日拖到第二天，洗件衣服也会拖一拖，过惯了树懒式的慢生活，在面对"军令如山"的职场时，确实有些措手不及。

职场和学校的不同之处，它是真切地和利益挂钩，很多时效性的任务都是有利益推动的，所以自己必须拿出百分之百的动力和效率去完成。

我们很自由，不用受父母唠叨，不用担心考试挂科，甚至坐在自己的办公位没事的时候可以刷刷手机。但我们又被束缚着，你有自己的本职工作，上级的任务你必须时效质量双保证地完成。

在尚未认识到实习带给我的意义时，我认为它是一种煎熬。和室友聊天时我抱怨过，感觉自己像是个机器人。

可当真正地体验全过程后，我并不认为它是一种束缚，所有束缚都是我们强加给自己的，如果所有人都无法面对不新鲜的生活，那么生活还如何继续？新鲜感永远是自己给自己的。

就像《肖申克的救赎》里的主人公一样，当所有人都在监狱里麻木着，过着一眼望到死的生活时，他卖香烟，建图书馆，他在筹划着巨大的逃离。

真正的自由不是我们能够走多远，而是能把内心活得丰富。

4

在陌生的环境下，不要因为自己是实习生而怯懦，但也绝不能因为无知而无畏，我们应该把锋芒磨平，让内心坚定。

不论是和实习生还是公司的正式员工相处，我们都该保留该有的谦和与友善。以一个学习者的态度多向别人学习，没有人有义务像老师一样主动教你，更多的是靠自己揣摩，我们掌握的很多工作技能不是书本里学到的，而是从周围那些阅历更多的人身上学到的。

办公室里总会有些不那么友善的员工，她们可能会让你做不属于你的工作，而且一旦你做了一件，将会有更多的杂事来做，每个人应该都不愿意自己的实习生活是以打杂为主。

所以，我们在实习时有明确的定位是很重要的，生活中可以互助，工作上只做自己上级给的任务，这是我们作为实习生对自己的保护，也是底线。

5

　　很多人像块石头，在进入职场时以为自己是块璞玉，所以壮志在胸，准备大展拳脚，可在历经世俗的打磨后又缩了回去。有的人明明是个职场新人，却活得分外油腻，有的人受了打击后便再难面对。

　　不要对任何事情抱有太强的期待，否则会因为种种原因而失望，实习也是一样，我们是来实践学习的，当然会懂得学校之外的很多道理，但这并不代表我们已经是职场人士，在没有成为那个自己想成为的人之前，不要随意标榜自己。

　　最后，想借用网上看到的一段话："见过一些人，他们朝五晚九，有时也要加班，却能把生活过得很有趣。他们有自己的爱好，不怕独处，他们有自己的坚持，哪怕没人在乎。我佩服每个能在平静生活中活出趣味的人。这世上没有无所事事的人生，只有无所事事的态度。"

　　参与一次不同的生活，会让我们对自己有更多的思考，有时候，人们总习惯拿一颗无处安放的心与坚硬的世界碰撞，在一次次破碎后，就会变得坚强，每一次疼痛，都鲜活地告诉我们曾经走过的路。

懂得放弃，也是一种自我救赎

1

减肥，学习，赚钱，这些你拼了命去努力就会有回馈。唯独感情，不问缘由，不问归期，不问你是等了多少年还是盼了多少夜，如果他不喜欢你，可能不是不了解，是真的不喜欢了。

大麦是我去年五一兼职时认识的一位花店店主，比我大两岁，温婉大方，骨子里有不为人知的叛逆。

大麦一直单身，心里却放着一个不可能的人。前几天，大麦发微信问我：半途而废的是不是都是懦夫？陷入感情的女人跟傻子一样，我告诉她：知难而退也是勇士。

都说读书时期的同桌之间总有说不清道不明的感觉，大麦完全就是单相思，在高三那年和鸽子成了同桌后，她就心里暗暗喜欢着对方。短短一年的相处却让大麦刻骨铭心。鸽子不善言谈，喜静好读，从里到外都露着霸道总裁的风范。

可大麦喜欢啊，她悄悄地给鸽子塞早点，给他收拾书桌，因为鸽子拒绝过几个外班的女生，大麦更不敢向鸽子表白，高中毕业聚会那天，大麦鼓着勇气把鸽子拦在洗手间门口，她压低声音说了藏在心里的话，可得到的却是鸽子的拒绝。

上了大学后，大麦还是放不下鸽子，那种喜欢一个人却得不到的感觉，让大麦连聊天都小心翼翼，偶尔道一下早安晚安，便再无话可说。后来，大麦在编辑器里写了很长一段话，大意是自己有什么不好可以改，但希望鸽子能和她交往，卑微到尘埃里的爱。鸽子还是拒绝了大麦，干脆利落，还说，能不能不要再打扰他。打扰，连打扰都成了奢求。这段没有结果的感情，真的结束了。

大麦常常站在镜子前，像是穿越时光看这几年糟糕的自己，为了一个不可能，卑微到尘埃，是啊，现实里有很多人是赵默笙，却不是所有人都是何以琛。

毕业后，大麦在当地开了花店，突然意识到好像忽略了这些年的自己。放开一个喜欢已久的人，才能活成你喜欢的模样。

2

可以爱，但不可以卑微。身边有个姑娘和男友处了两年，他们都是在校学生，但男友的衣服都是她洗，就连早点也是她来买，有什么事情都是她来担。就连星期天都是她一个人逛街，男友在宿舍打游戏。

　　这和找了一空气有什么区别，况且，他也不是那么重要，不是非他不可。后来，这姑娘自己也觉得太累，自己当初爱男生的热情早消散光了。

　　分了三次手，最后一次还是分了。她该为自己而活了。

　　之前在网上看见一个姑娘写她和自己的男友性格不合，自己喜欢读书泡咖啡店，而男友嫌她矫情，后来，仅存的感情也没了，分手后，她坚持自己的爱好，丰富自己的生活。

　　我不认识她，但很欣赏她那份愿意成为更好的自己的勇气。

2

　　笛子是公认的大美女，身材好，颜值高，单身。这是一年前的故事。她最开始在社团认识了一个其他系的学长，男生高高帅帅的，戴着眼镜时一副斯文、放荡不羁的模样。笛子表达了好感，像她这样优质漂亮的女孩，男孩一般不会轻易拒绝，果然，笛子在晚上就收到了对方的好友验证消息。

　　自此，两人开始了各种腻歪。大家都认为笛子和这男生有戏，没想到在一次约会后，笛子发现这个男生的聊天对象不止她一个。笛子开始还傻傻地认为男生对她是真心的，在知情的情况下，和他相处了一个月。

　　身边人劝她，别拿爱一个人说事，糟蹋自己就有理了吗？慢慢地，一开始坚定不移的笛子最后还是放弃了，尽管她很喜欢那个男生。

有人问我，失去爱的人的感觉该怎么形容，怎么说呢，大概是，在人潮拥挤的街头也会觉得孤独，一个人看喜剧也会哭。

其实没人告诉你，放弃一个人到底应该怎么做，你只能一个人熬过无数黑漆漆的夜，然后第二天照常起床，假装什么事情也没有发生过。其实没什么大不了的，感情是两个人的事，他不爱你了，你又何必呢。

喜欢一个不可能的人，结局不是两败俱伤，而是你一个人暗自吞泪。你又不是非他不可，还被冠以死缠烂打的名头。倘若真的爱，就让自己变得更好，活成自己喜欢的模样，当你有了足够保护自己的铠甲。他不回头，你也不将就，他不愿为你遮风挡雨，你就做自己的晴雨伞。你终会遇到一个喜欢你现在模样的人，而不是攥着旧人耿耿于怀。

四

.
.
.

愿你日益努力，
风生水起

对未来的真正热爱，是把一切献给现在

1

　　未来，是个充满着美好愿景和神秘色彩的词，它值得期待，值得为之付出。总有人说，未来总会来，不论你承认也好，抗拒逃避也罢，它是个必然事件。我还听过另一个版本的说法，现在这个时点的你，回头看上一个时点的你，如果你发现毫无变化，那么，你不是没有进步，而是在退步。

　　长大后，我们为什么变得不那么容易快乐了？归根到底是我们对自己的期待越来越大了，满足期待的结果又越来越少了，所以陷入了自责、悲观、堕落的情绪中去。

　　小时候的期待无非是一件心仪已久的玩具，一件好看的裙子，长辈拍着你额头夸奖你懂事聪明，这些期待，只要你踮踮脚就能够到。如今的你，期待是一辆车，一所房，一份高薪职业，一个不将就的爱人，一大把自由的时间，很多人为之奋斗一生也不能如数得到，期待总是高于现实，而结果和

期待之间又横亘着太多阻碍。渐渐地自己会反复陷入相信自己又怀疑自己的情结中去，发现自己对生活产生了深深的无力感和挫败感，然后才发现，原来，那个期待未来的自己，连现在都过得糟糕不堪。

2

在网上看到一句话说：对未来真正热爱，是把一切献给现在。

去年的时候，我问一位学姐：你们现在的生活状态是什么样的？她告诉我，大家都各忙各的，到了大四，就会突然发现，每个人的轨道都已经排列布置好，考研考公务员的每天泡在自习室图书馆；准备找工作的，正在心仪的公司实习，以便校招的时候胜算更大；准备出国的又在考雅思托福联系学校。

而如今，自己站在大学旅途的最后一站回头看的时候，大学里的时间是最公平最容易逆袭的，抓住了的人能逆风翻盘，浪费掉的人总有一天也会被超越，被甩在底端。

高考完的那个假期，很多同学都忙着考驾照，你看着手里的电子书想：暑假太阳这么大，大学里有的是时间考，算了吧。

刚上大一，同学们组团去家教兼职，你看着父亲刚打来的生活费，这个月管够，没必要再跑出去做兼职了。

大二那年，室友邀请你参加一个全国性的互联网竞赛，晋级的嘉奖不少，你看着手头复习不完的书本，想着全国级别的比赛一定竞争激烈，推辞了。

大三那年，同学们早出晚归，有的人已经在备考前期搜集资料，你看着考试日期觉得日子还远得很，又打开视频软件继续刷昨天刚更新的电视剧。

大四这年，最后一门考试结束了，推荐免试的日期过去了，金九银十的招聘会过去了，考公务员考研的时间也过去了。

过年了，你却开心不起来，打开简历才发现能写上去的东西少之又少，考过的证书寥寥无几，工作经历空白。

你看上了一份编辑记者的工作，最后一个条件是：有驾照者优先录取。你还记得同学们连夜赶项目最后获奖的场景，你悄悄感叹了句居然这么容易，你想偷偷去一次远方，发现还有欠着的账单没还。

室友们纷纷被保研，考试上岸，工作满意，你看着一无所有的自己，陷入了上学以来最漫长而迷茫的低沉期，你甚至不明白，明明一天天地一起过，为什么结局却不一样。

那些深谙活在当下的真谛的人，不是比别人先品尝到当下所赠予的甜，而是早别人一步了解了未来的苦，当下的不作为，就是对未来的辜负。

3

我读大三的时候，带一个学妹，和她聊天时我心生出几分敬佩。她和我讲，自己已经大致考完了自己专业需要的证书，她说从她上大学那会儿，就决定争取保研名额。她是我见过的少有的知道自己要什么的女生。每次见她的时候，总是背着书包埋头赶路或是待在空教室背书，这次又在校园遇见，简单聊了一会儿，才知道她已经申请了自己向往大学的夏令营活动，不出意外，保研名单中一定有她。

读大学的意义有很多，不见得每个人都要走同一条路。真正让人欢喜的是，那些早早就明白了为了日后的生活而把握当下的人。我们听过了太多车到山前必有路的话，但还有一句话是：路在脚下。

去上瑜伽课，我因为学校的事情大概一个月会缺勤一周，但我每次去上课的时候都会遇见一位大叔，五十多岁的样子，总是早早去了帮忙整理场地和压腿，他柔韧度和耐力极好，一点都不比年轻人差。

去得久了，便熟络起来，聊天中得知，这位大叔即将退休，现在的工作也比较休闲，除了瑜伽，他每周还要去健身房锻炼，骑山地车去登山。他的退休金足够养活自己，子女也都省心，大叔开玩笑说："别到老了让自己成了没用的老东西。"

这位大叔说的最让我印象深刻的一句话是："年轻有年轻的活法，老年有老年的活法，自己的生活，永远要让它热气腾腾。"

或许多年后，同龄人腰腿风湿的病痛都寻到了身上，大叔还能压着腿说自己的生活依然热气腾腾。这大概就是将一切热情付与当下所带给我们的意义。

写文章讲究伏笔，为了后续情节总要在前面搞些"小把戏"，人生讲究预设，未来想得到的事物一定要在当下就开始行动。

许渊冲在《朗读者》里说："生命不是你活了多少日子，而是你记住了多少日子，你要使你过的每一天都值得记忆。"

我们到不了的地方是远方，再也回不去的地方是那些旧时光。热爱现在，才能更好地拥抱将来。

你什么都可以失去，但千万不要失望

1

　　我听过对生活最好的诠释的一句话是："People come and go, that's life."人来人往，对于《活着》里面的福贵来说，就是拥有生命的每一天都在不断抬头，不断往前走，哪怕是万丈深渊，哪怕是荆棘遍地，都要一直往前走。妻子病逝，子女早走，从早年的富家子弟，到中年的残喘苟活，再到晚年，一个人对着水牛拼凑故事。

　　作者余华说："最初我们来到这个世界，是因为不得不来，最终我们离开这个世界，是因为不得不走。"每每看这种大气恢宏升华人格的作品时，我总会想，一个人究竟经历过什么之后才会理解哀莫大于心死，才能在内心筑起城堡，才能将失望看得大于失去。

　　生活的本质是幸福的，但表象终究是痛苦的。

2

Z先生是我一位远方亲戚，现在已经是位九岁孩子的父亲，假期见到我的时候，边询问我的学习状况，边一本正经地教育身边的女儿："好好学习，将来像你姐姐一样上大学，这是咱们的出路。"他以一个过来人的口吻谈起很多学习工作的事情，谈笑风生的样子倒是让我越发紧张自己的将来。临走的时候得到Z先生赠予我的几本书，扉页里夹着两封信，字迹泛黄，本以为是写给我看的，不想细看后才明白是Z先生的朋友曾经写给他的，落款是2001年，南京大学。

Z兄：我到学校了，这里做什么都很方便，就是生活消费有点高，我每天去食堂尽量点些便宜的菜，你那边怎么样？

Z兄：我知道你心里难，咱们几个里就你最刻苦，咱有的是机会，不就再读一年嘛。

Z兄，我最近越来越忙了，不能常常给你写信了，先透露给你一个好消息，我和我们英语系的一个女生在一起了，你进入了冲刺阶段，一定不能松懈，调整好自己，我在大学等你。

写信的人大概是Z先生在高中时期很好的朋友，从他的叙述中，我才知道Z先生复读过一年高中，才知道，他本是一个极其要强而生活中却充满矛盾的人。

小时候见到Z先生的次数不多，少有的印象中他是有着和年龄不符的满头白发，总听大人说是学习愁白了头，那时候我觉得太过夸张，学习还能让人白了头发？现在倒渐渐懂得了，击垮一个人的往往不是四方八面袭来的压力，而是不堪重负的心脏。

Z 先生最终还是去读了专科大学，毕业后，又因为个人原因，刚毕业就面临着失业，周遭的亲戚又开始八卦，说 Z 先生苦读了书反倒没能成才，都成年了还靠着家人找工作。人生的风调雨顺和泥沙俱下都需自己体会，看客多无心且长舌。

擅自看人书信终是不好的，我将信小心翼翼地装进了一个信封，而 Z 先生能将它放于扉页赠予我，或许是无心或许是有意，原谅我擅自将它归属于后者。

从何时起我们开始体会失望的感觉，是认真完成作业也没得到老师的小红花奖励，是熬夜等着高考成绩出来的那个凌晨，还是满心欢喜和宿舍的黑灯瞎火撞个满怀，还是读了自己不是很喜欢的专业，面临缥缈无期的未来。

失望的体会无孔不入，没有失望，才是意料之外，可我们终其一生，最难的不是避免失望，而是拥抱失望，所以有人一蹶不振，有人跌跌撞撞，也有人，从此隔了山河成故人。

3

少年去游荡，中年想掘藏，老年想做和尚。甚是喜欢余华先生的这句话，寥寥几词，概括了人这一生中在每个年龄阶段的心态，人在每个年龄阶段的追求是不同的，这些道理我们明明都懂得，可谁都不能通过寥寥几句就将人生贯彻。

就在昨天，我接到一个来自北京的电话。

我所有的憧憬因为这个电话被击成一地玻璃碎碴儿。不是失望，是自卑中疯狂生长蔓延的绝望。

对面编辑老师将言语的伤害力降到最低，温柔地和我讲："你是个优秀的孩子，我知道你一定会在今后的工作中发光发亮，但现在的情况我也无法左右啊，我还是建议你别白跑一趟了。"

白跑一趟等于概率为零。

北京，这个词对于很多毕业生来说不仅仅是一个词，而是像钱钟书先生笔下的围城。城外的人盼望着进去，城里的人呼喊着要出去。它是一个大铁笼，是囚禁大多数人的梦想的牢笼，也是一部分人腾飞前的栖息地，我不是个勇敢力十足的女生，但在接到出版社编辑老师的电话那一刻，北京这座城市在我心里褪下可怕的外衣变得极其可敬可爱，我所有的瞻前顾后和儿女情长都荡然无存。

被编辑老师挑中实则在我的意料之外，投递出版社校招简历的时候，我看着所有的岗位要求都是硕士及以上，不免因为自己的学历难受，但内心太过渴望这家出版社，对于一个从小看着它出版的杂志长大的我来说，能去那里工作该有多幸运。

我知道，自己或多或少存在着理想化，但没想到接到了老师的电话，他表示很欣赏我身上的文学素养和对这份工作的热爱，老师甚至提出帮我解决住宿问题让我提前实习一段时间，可就在我满心欢喜等待着的时候，再一次接到了老师的电话，他告诉我，我的简历最终未能通过人事部审核，户口问题，专业不对口，学历要求，院校出身不好，我面临的是和北大人大的优秀硕博毕业生的竞争，我的胜出，概率为零。

读大学选专业的时候我错失了自己的最爱，如今，刚刚触碰到又再次破灭。

老师前前后后帮了我很多，我知道，他不想错过尚留质朴和一腔热血的我，我也万分感激老师能在茫茫简历中将我挑出。我们总说活在当下，可在那一瞬间我的内心是坍塌的，我看不清我的方向，踩不实我的路，除了知道对自己万分失望之外，我不知道，该把当下的一切，奉献给哪里。

老师看出了我低落的情绪，给我讲述了他的故事。

他也是"半路出家"，拥有本科学历的他刚毕业时听从家里建议选择了本专业的工作，最开始，他并没有走向编辑这条路的打算，而是在自己工作的单位因为机缘巧合做了内部刊物的负责人，后来又慢慢结识了更多出版界的人物，才一步步走到了今天。老师以一个过来人的身份给予我这个刚毕业的学生努力去经营生活的希望。

我内心执拗，至今也在想，我努力奔赴的事物就这样给我浇了一盆刺骨的凉水。可事实如此，有些东西越早认清才越有机会靠近，才能腾出足够的空间去接纳和重逢。

这世上很多事物是公平的，你在前几十年并没有付出什么，就不要指望有朝一日能有近水楼台先得月的契机，光凭一腔热血是无法去闯荡的，它需要资本、阅历、时间和积淀。

所以啊，那些短暂的失望就像扎进皮肤的针，它不仅仅是为了让你流血心伤，更多的是，那个曾经流过血的地方，终有一天会结痂，而痊愈的伤疤会让那寸皮肤更加强壮。

你看，每个人要走的路长长短短各不一样，此时的我以文字努力排遣内心的那片荒凉，而你是不是也在费力挣扎去拥抱每一个值得期待的小小希望，木心说："迷路，并无小路大路长路短路之分。不能说在大路上长路上就不会迷路了。走在达不到目的的路上，就是迷路。"

希望何尝不是，它没有大小之分，没有明暗之别，不见得一路坦途就是希望，每一个未能抵达的明天，就是希望。

米兰·昆德拉在《雅克和他的主人》中写了这样一段对白：

主人：那咱们往哪儿走啊？

雅克：往前走。

主人：哪儿是前啊？

雅克：我对您透露一个大秘密，这是人类最古老的玩笑，往哪儿走，都是往前走。

同理，失去什么都不能失望，走向哪里都是朝向前方。

你要慢慢来，等我学会如何去爱

1

单身久了的人，就会习惯一个人的生活，独自消化每天发生的苦与乐，有些人甚至觉得突然多了一个人会是对自己固化生活的一种打扰。我们谁都不能并评判这种状态的对与错，起码，身在其中的人是享受的就是好的。可有的时候，会不会希望有一个能来打扰你的人？

有吧。

有些人只谈一段爱情就步入婚姻，有些人都没好好恋爱就结了婚，还有一些人，他们走走停停，遇见了很多人，身侧站过一个又一个，却始终没能走到最后，落得茕茕孑立。

感情这东西，谁都不能妄称自己是专家，一个独立的个体遇到形态各异的另一个个体，迸发出来的火花是不同的。有些人遇到了相同频率的人，相处起来很容易，有些人却始终陷入爱情的旋涡，反反复复走这条荆棘丛生的路。而那个在感情中笨拙的自己，也在一次次受伤与被伤害中逐渐强壮，逐渐触摸到正确对待爱情的方式。

其实，不管你优秀与否，和单身比例没关系，即使是糟糕到不行，也会有人陪在你身边。怕的是，你始终找不到正确对待另一半的方式方法，或者说，不知道如何去爱。

有些人单身，原因并不在外在因素，而是自己，你有真正问过自己，决定开始一段新的感情了吗？你想好了如何珍惜对待另一个人了吗？

有时候恋爱也是一门功课，那些错过的人可能不是因为你们缘分尚浅，而是你们爱的方式不对。所以，那个他，请你慢慢来，我一点都不怕等，我怕因为我的笨拙而丢了你。

2

惠子单身了好久，应该有四五年了吧，在我印象里她一直是乖乖女的形象。

惠子外表是个温柔的姑娘，其实把自己活得像个汉子。长期的单身，让她懂得了凡事不去叫人帮忙，不会矫情地拧不开瓶盖，不会因为提不动重物而埋怨，很多时候都是咬咬牙自己来，边冒冷汗边走夜路，来不及吃饭就忙完后自己一个人去吃。所以，长久以来，惠子养成了很干练的内在性格。

刚上大学时，有个男生追惠子，惠子动心了，可相处一个月后，两人分手了，我是在惠子深夜痛哭时才知道缘由的。分手是男孩提出的，大概意思就是：你总摆出一副不缺我的样子，让我怎么介入你的生活？

虽然是短暂的相处，惠子的情伤一直难愈，她会回忆当初他们经历的种种，而自己，真的是因为不会如何去爱，才会失去。刚确定关系时，惠子告诉男孩，希望彼此不要过多介入对方生活，不要总黏在一起。男孩欣然答应。

男孩约惠子出去吃饭，惠子说和自己的室友约好了。男孩说帮惠子打热水吧，惠子说自己楼上已经打好了。

直到有一天晚上，惠子因为社团加班要晚回宿舍，晚上男孩给惠子打电话时发现惠子因为没吃晚饭一直胃痛。

而这些，惠子却只字未提。男孩很生气，他质问惠子到底有没有把他当作男朋友，惠子心里很不是滋味，她很珍惜这个男生，晚上要看一遍他的朋友圈再入睡，他打球受伤了也会给他买药。她总是似有似无地表现出的关心让男生不敢确定自己和惠子的关系。直到后来，男生甚至认为惠子是在玩弄感情。

分手后，惠子在一次和朋友的交谈中才幡然醒悟，朋友告诉她：你明明喜欢他，却不懂得如何表现出来告诉他。惠子苦笑，是因为单身久了的原因吗？连如何去爱一个人都不懂，就算遇到对的人又能怎样？

3

　　在网上结识了若风，后来成了经常谈天的朋友。若风说，假期的时候他突然发现自己好孤单，身边的人仿佛都知道到了恋爱的年龄，都成双成对的。就连每天去操场跑步也是自己一个人，有时候耳麦声音开到最大，看着自己的影子也会觉得很孤单。

　　其实，我们都明白，过了十七八岁轰轰烈烈的年纪，我们的感情会被限定在许多条条框框里。

　　你是什么样的，往往决定你的伴侣会是什么样的。

　　若风告诉我，他希望自己的女朋友个子高一点，腿型好看一点，可以穿文艺的长裙。

　　或许若风会在不经意的某一天遇到那个她。

　　你有想好真正喜欢一个女孩子吗？或许是因为她不经意间微笑时露出的小虎牙，或许是因为她有着柔软的长发好听的声音，无论你的评判标准是什么，请你先学会去如何爱一个人。

　　缘分不是按照你那些标准来的，往往会突如其来，你必须要知道如何去把握。

　　李银河在星期五晚上写给王小波的信中充满了对彼此感情的质疑，在文末还在质问：你为什么不给我打电话？难道你的热情已经耗尽？然而，在几天后的信中又写道：当时的自己真的很幼稚很冲动。

　　看吧，我们每个人在爱情中都会有最开始的无知。所以，你一定不要急，你可以学着优秀，但也要学会如何去爱一个人，不要因为一个人走得太久，而忘记自己也需要有另一半的陪伴。我们都会因为笨拙而错过，也会因为懂得而遇见。

　　所以，你要慢慢来，等我学会如何去爱。等我足够温柔，等我足够优秀，等我足够等得到你。

因为读书，我没让自己死在平庸里

1

我出生的地方在北方一个偏僻的村庄，有穷山没恶水，容易出文盲。

七岁那年，我因年龄太小被拒绝在学校门外，在同龄孩子都能上小学的年纪，我上了学前班。

我妈只有小学文化，最常对我说的话就是：知识改变命运。

那时候啊，我特信这句话，不曾知道改变一个人骨子里的命运好比让这穷乡发达致富奔小康。这个社会弱肉强食，我从上学那一刻就背负着极其重的功利性，改变命运。

从小到大的读书历程里，我似乎都被困在这句话里，小心翼翼、如履薄冰，我把读书当作我的使命，我的爱好，我生命的全部。

我调动脑细胞背文言文，解枯燥的数学题，我把成绩当成我青春的标杆，排名高就暗自高兴，退步了就暗自垂泪，都是暗地里，因为改变命运也是在暗夜里闪着的微弱的光。

我从什么时候起变成泄了气的气球，成了蔫蔫的发黄菜叶。大概是那幅中学时的漫画作文告诉了我答案。

图很简单，四个孩子赛跑，各自有赛道，却准备了不同的交通工具。起跑线看似相同，却有如云泥之别。

我耳朵里开始被灌输读书无用论的思想。我甚至有点埋怨我妈，怎么能让我寄希望于知识改变命运？

可后来发现我错了，读书虽然还没有让我富起来，但让我站了起来。

2

很多人说读书的人灵魂里有香气，与众不同，藏着独特气质。

但从目前来看，我的灵魂里应该藏着清水煮白蛋，没有什么高傲独特的气质，只是比同龄人多了一颗鸡蛋，熟的。

说起同龄人，惠子是和我一样在知识改变命运的号召里开始读书的。

我们都是穷乡里的孩子，都一路追随一路学习，从1∶1000的地图上找不到的乡村读到标着红点的省会城市。

惠子刚毕业那会儿告诉我她暂时在收费站工作，边考证边找工作，很辛苦啊，长舌妇们会在茶余饭后指点着惠子的母亲说读书没用，还不如早点进社会赚钱。

　　在我眼里的惠子是不同的，她很喜欢读书，所以她的书柜里整整齐齐排列着许多书，都被她翻得出了毛边。她在收费站工作闲暇时间会读书，那些看似不能换银子的方块字让她站了起来。

　　和她一起工作的小姑娘会边涂廉价的粉底边笑惠子看书有什么用，还不如趁早勾搭一个过路的司机。惠子默默地翻开《一个人的朝圣》。

　　我不会把惠子后来在教育机构工作的事情完全归功于读书，但也不否认。

　　因为一个人内心真正的知足不是吃饱穿暖，而是思进取。

　　当我参加了儿时玩伴的婚礼时。

　　当我看到同龄人抱怨家庭纷争时。

　　当我听说曾经那个和我关系很好的女孩已经是两个孩子的母亲时。

　　当我见到那个我曾暗恋的男生，此时开着拖拉机趿拉着鞋叼根烟时。

　　我突然庆幸，还好我选择了读书，选择了让我重新认识生命的机会，而不是跳出一个穷乡又踏进另一个僻壤。

　　在二十岁出头的年纪，我没让自己死在平庸里。

3

　　在我看来，一本好书的定义是不同身份的人看了都会和书中的人产生共鸣。就像我爸看《平凡的世界》时被少安作为长子的担当而感动，而我却因为少平的渴求知识而泪目。少平那么渴望读书，渴望冲破命运的牢笼。

就像作者所说，生活包含着更广阔的意义，而不在于我们实际得到了什么，关键是我们的心灵是否充实。对于生活理想，应该像教徒对待信仰一样充满虔诚与热情。

前几天听一位高一年级的学姐演讲，学姐很优秀，在我期待着发干货的时候，她却说："你们首先要多读书。"看似很俗的话，却是让我们最低成本的进步。

不论什么书，专业课的，非专业的，帮助你升学的，排遣寂寞的，每一个方块字排列组合闪进你脑海里的那一刻就赋予了不同的意义。

三毛曾在《送你一匹马》里谈：读多了，容貌自然改变，许多时候，自己可能以为许多看过的书籍都成过眼云烟，不复记忆，其实它们仍是潜在的。在气质里、在谈吐上、在胸襟的无涯，当然也可能显露在生活和文字中。常听人随口说，拓芜的白话写得顺口，天文天心丁亚民只是才情，却没有人心平气和地想一想，这一群群文字工作者，私底下念了多少本书。天下万事的成就都不是偶然，当然，读书之外，那份生来的敏锐和直觉却是天生的，强求不得，苦读亦不得。

念书人，在某种场合看上去木讷，那是无可奈何，如果满座衣冠谈的尽是声色犬马升官发财，叫那个人如何酒逢知己千杯少？

凭借读书改头换面的大有人在，目不识丁发家致富的也比比皆是，我妈告诉我的读书改变命运的使命太沉重。但我知道，这是我与众不同的唯一途径，没有捷径。

在二十岁出头的年纪，我还没有多优秀，但我感谢读书，让我走出小小的村庄，让我摆脱狭隘的世界观，让我懂得，生命有很多可能。

我没变得多高尚，但却不再平庸。

所有不留余力，都是为了来日可期

1

人生，这个让人提及都望而生畏的词，那么远又那么近。

人这一生，总会历经难以释怀的过往和不可预测的未来，我们也无法得知，让自己披星戴月的现在会不会是日后最为怀念的曾经。

路遥曾在《人生》里鼓励年轻人说：照看命运但不强求，接受命运但不卑怯。

前几天去自习室，很多准备考研的学生在埋头苦学，教室门开关的声音丝毫没有影响到他们。下午两点，我正前方有个盖着棉服熟睡的女生，我看见她眼睑下方有青色的痕迹，头发被胡乱扎成丸子状，手臂下垫着厚厚的复习资料。

都是爱美的人，但我们总会为了不可预测的明天而暂时放下，震动闹铃响了，她醒来拍了拍自己的脸颊，出去打水继续学习。

　　总会有一群人正在挑灯夜战，就着墨色的夜和微茫的光，演算数学题，背英语作文，背政治时事，背专业课重点。

　　不能身临其中，我尚无法感受其中的艰苦和坚持，但作为旁观者，我想起了书里写的那句话：星光不问赶路人，时光不负有心人。

2

　　之间看过一篇关于考研的文章，文章里有句话：考研，是在你成人后第一次独立的决定。

　　没有人告诉你该怎么走，因为考研不像高考，它不具备让老师和全班同学都陪你奔跑的能力。自己只能将所有苦楚吞咽下去，一遍遍鼓舞自己，散布全国各地的研友和一个不可预期的未来是疲惫时的动力。

　　我们在二十到三十岁的年纪里，郑重地把前途交付一纸试题。

　　我也曾以为，我经历着人生中最糟糕的时刻。

　　十八岁那年我高三，俯身在堆积如山的课本里打捞我的梦想，其实那时候的想法很简单，能上一所好点的大学就万事大吉，可就是那个简单的梦想，让我年轻的身体不堪重负，渺茫的未来和改变命运唯一的途径，成了我在义务教育时代里最后的救赎。

　　2014年的冬天，印象中是冷入骨血的，掺着我没了热气的梦想，冷却成绝望的模样。我数学学得差，刚上高三时眼看着数学严重拉低了总分，只好在外面报了补习班，去补习班的路很远，穿过两条长长的街和一条漆黑的巷子，我骑着那辆黄色的自行车，顶着寒风穿行在无数漆黑的夜晚。

记得有一夜，突然强降温，穿着单薄的我连车把手都握不牢，那天夜里，我冰冷的身体直到凌晨才焐热。

那时候，我就在想，明明不知道会是怎样的结果，为什么还要如此拼命？

3

曾看过有人这么形容考试：备考，就像在黑屋子里洗衣服，你不知道衣服洗干净了没有，只能一遍遍地去洗，等到上考场的那一刻，灯光亮了，你发现，只要你认真洗过了，那件衣服就会光亮如新，而你以后，每次穿这件衣服都会想起那段岁月。

我那时候或许就是这样的状态，在黑暗里用努力验证未知的结果。

如今，我并没有如当初期望一样进入自己心仪的学校，也没有活成自己思想稚嫩时期待的模样，但我丝毫没有后悔，无论是不留余力还是有所遗憾，当回头看的时候，都会释怀，因为我们还有更远的路要走，如果沉浸在过去缅怀，还有什么来日可期？

昨天，一位研一学姐发了条朋友圈。

她说，还能记得自己去年考试前一夜失眠了，真的非常害怕，一遍遍上网搜索失眠会不会对考试造成影响，而如今，自己进入了第一志愿学校，也才发现，这只是个新的开始。

一个真正释怀的人，所期待的不是付出的努力有多少回报，而是在遇到一个新的开始时，思考怎样成为一个更好的自己。

而那段荆棘丛生暗无天日的岁月，留给我们的除了疼痛，还有无尽的怀念。

4

人生什么时候才算结束？没有到停止呼吸那一刻都不能盖棺定论。

早晨去图书馆经过网球场，冰冷的清晨里我听见了热闹的人声，是几位老大爷在打网球。

"哈哈，再来一个！"

"哇，又一个！"

我忽然能体会垂暮的苏轼在写下"鬓微霜，又何妨"时的心情。

人生是条河，在没有进江入海之前，我们都是在路上，历经曲折波澜，尝尽人间烟火。

天昏地暗的高三，刻骨铭心的考研，压力重重的中年，在另一种意义上又是一个新的开端，往前看是我们能做的也是必须做的事情。

姑姑曾经在鼓励我考研时给我讲了这样的一段话：

"是的，你毕业时并不见得考研是你唯一的出路，就像当年的我，选择了就业，如今也拥有很好的工作，甚至比一些选择考研的人的生活水平还要好点，可当问起那些人有没有后悔当初的决定时，回答都是不后悔。"

有些经历所包含的深意远远不是金钱可以衡量的，我们可以因为物质世俗地和这个世界周旋，但与此同时，我们也必须懂得，人心所历经的事物，不是像花钱那样轻描淡写的。

所有曾经历经的，都会以另一种形式出现在我们身上。

史铁生在《我与地坛》里曾感慨：母亲刚去世的那几年，自己一直不肯回那个母亲种下合欢树的小院，他不愿意回忆，可后来，进院子的小巷被挡住了，自己的轮椅再也无法进入逼仄的空间，而自己只能抬头望着葱茏的合欢树的枝叶来怀念母亲。

我们不该因为某些理由而把遗憾留给日后，正因为当初不计后果去做，才不会在垂暮时感慨韶华残忍。

即将到来的人生，总不会比曾经经历的更差，正因为不留余力过，才让人生有了来日可期。

我那么努力，不过是想让自己过得更好一点

米兰·昆德拉在《不朽》里说，生活，生活中没有幸福。生活就是：扛着痛苦的"我"穿行世间。而存在，存在即幸福。存在就是变成一口水井，一个石槽，宇宙万物就像温暖的雨水，倾落其中。

我们每天和这个光怪陆离的世界打交道，或许，只是简单地寻找存在，我们也得费尽周折。

1

春风已吹，而我待的城市却猝不及防地下了场漫天大雪，可能是春天的打开方式不对，我装了一包新泥给新买的绿植换土，还记得刚买它时，小小的一个，直径不足六厘米，最底端的叶子泛着黄，本以为活不了多久，没想到它竟在角落里绿意盎然地生长着。良心发现后我决定给它换个新家，栽在一个瓷白八角花瓶里。这个落雪的春天，似乎在它这里温暖如光。

　　去逛商场的时候遇到了一位推销二维码名片的女生，年龄不大，二十七八岁，穿一双牛筋底的布鞋，运动服，背一个大大的旅行包，看起来很沉。她素面朝天，脖子上挂了五颜六色的铭牌。像在火车站里推销袜子的年轻人一样，急切而勤奋。

　　店长是个和蔼的人，并没有赶她走，接了一单并问她为什么这么拼，女孩子找个好一点的对象嫁了就好了，为什么要抛头露面出来挣钱。她有些腼腆地笑了笑说："这不是还年轻嘛，趁着现在多赚一点。"

　　她让我想起了小五，小五是我一个远房表姐，比我大两岁，高中时就辍学开始工作。她家境一般，从她开始工作起就不再给她生活费。像所有年轻女孩一样，小五也想每天光鲜亮丽，吃穿住行都能拿得出排场，可她没有多余的钱，只能在网上买百搭款的衣服，口红只用一个色系。

　　小五做过很多工作，后来在一家高档服装店做销售，她曾苦笑说自己穿的最贵的衣服竟是这家店的工作服。可是小五有一个去泰国的梦想，她想看看那个神秘的国度。这样一个简单的梦想，可能有的孩子趁着放假直接就和家人飞过去了，可能有些人的公司年会抽奖就能免费去，可我们赤手空拳，都来不及泪流满面，我们要为自己奔波。

　　小五一个月工资加全勤奖共四千元，除去生活费只剩一千元不到，不排除生活中的意外，她需要攒一年之久，才够一趟泰国之旅。别人触手可及的东西她却需要全力以赴。

　　后来，我看到了小五的朋友圈，定位是泰国曼谷，她笑得像落日余晖里的松树林，恬静而知足。我有一个小小的梦想，即使很微茫，我只是想让自己过得好一点。

2

在遇到阿亚之前我很信命，总觉得不是自己的强求不来，可阿亚高考那年的坚持狠狠地给了我一个耳光。

现在有很多读书无用论的说法，可是对于普通家庭的孩子来说，想要跳出自己的家庭束缚，读书很重要。阿亚家在农村，家里有一个弟弟和一个妹妹。他是长子，家里的重担自然落在他身上多一些，放假时同学在聚会旅游，而阿亚在帮家里种田卖瓜。我至今都记得他穿那双黑帮白边的家族布鞋时腼腆地笑的模样，他用粘着泥垢的手掌摸了摸自己的后脑勺，也用那只手答着高考试卷进入重点大学。

高考复习的记忆像是把许久不用却依旧锃光瓦亮的匕首，把每段难熬的时光都刻在心上。阿亚不算聪明，就连简单的数学三角函数他也得解好久，阿亚的英语很差，曾经在课堂上被英语老师笑话不可能学好英语。他的语文也很一般，模式化的议论文他也写不来。就这样一个没有强项略有愚钝的男生，在我心里活成了英雄。

早自习时他总是最早去教室，拿着厚厚的书在走廊里念叨，晚自习后教学楼熄了灯，他就打着自己的充电台灯写题，曾经因为落下书返回教室的我被这惊悚一幕吓到，而后是深深的佩服。阿亚从来不和人抱怨自己，他总是安静地学习，像那个默默拉黄包车的祥子，在心里悄悄为自己买了一辆新的车。

高考成绩出来后，阿亚成了班里的黑马，他考进了冠名985、211 的重点大学，这个默默努力的农村孩子，给了现实一巴掌，赢得了自己的尊严。上了大学的阿亚开朗了很多，但依旧很努力，大一的时候就规划好了自己的学习之路。我们往往抱怨生活迷茫，不过是我们不够努力。真正赶路的人，来不及多愁善感，他必须把流泪的情绪转换成前进的动力。

生活处处都辛苦，我们总自导自演陷入悲伤，哪怕是一点点希望也要试着使使劲，或许，在一个不经意的清晨，我们就能看到阳光倾泻。泰戈尔说，我们没有时间去浪费，因为没有时间去浪费，因为没有时间，我们必须争取一切机会。我们一贫如洗，所以不能迟到。

我们赤手空拳地在和这个世界周旋，让那些泪流满面的时间都变成我们前方的灯，终会照亮脚下的路。

真正的成熟，是敢于正视世俗和孤独

1

　　第一次接触关于孤独的话题，是在高三毕业的那个闷热的夏天。夏季流火般的气息烧灼着我们浅薄的命运，那时的我们忙于当下的热火朝天，压根不会去担心未来都将奔走在哪里，还有没有机会再见面，夏风绵密像一堵墙，把我们锁进回忆，而后来故事中的人，被遣散在世界各地。

　　那时，我读刘同的《你的孤独，虽败犹荣》。

　　他说："愿你岁月风平，衣襟带花。"

　　那时，刚从高考的洪流里解脱出来，还不甚理解，直到后来出现了许多关于独处、关于孤独的文章，再后来，自己陷入深深岁月漫漫长夜，才渐渐懂得我们必须要学着面对一个人的时候，从被迫到自愿，从生涩到熟稔，在成熟后，成为一个人灵魂深处的修行。

2

有本书里是这样描述独处和成熟的：许多人所谓的成熟，不过是被习惯抹去了棱角，变得世故而实际了，那不是成熟，而是精神的早衰和个性的消亡。真正的成熟，应当是独特个性的形成，真实自我的发现，精神上的结果和丰收。

我们一路走来，会遇到形形色色的人，或许陪你走完小学、中学、大学，或者工作时期，但终究不是一生，他们只是我们在某一旅途中的记忆共同体，可以是同学、朋友、恋人，哪怕最后势不两立互不来往，真正能让自己独立的，是自己，是灵魂的修养和成熟。

七堇年的读者曾写下这样一句话：与其互为人间，不如自成宇宙。

当我们发现，我们和一些人无法顺路的时候，其实，正是我们的灵魂需要修行的时候。

那天和学姐聊天时谈起大四的宿舍生活。她说，这一年，大家都各自忙各自的，有的获得了保研资格，顺利进入自己的目标院校，有的修了双学位，上着课表里排满的课，有的找到了工作，每天忙着实习、出差。

她成了宿舍里唯一的考研党。

一个人的坚持是最不容易立竿见影也最容易支离破碎的，可当你一旦选择了，即便是排除万难，也要坚持下去。

一个人的自习室，一个人的食堂，一个人的资料共享，或许还会不时有些非议和质疑，但是我们不需要活成某种励志的模样给别人看，做好自己才能不辜负当初的选择和一路的坚持。

当我们柔软的内心开始长出薄薄的茧，那不是老去，而是真正的成熟，真正拥有了为自己抵挡风雨的灵魂。

3

这世上，每条汇入海洋的河流，注定要以自己的方式流淌，在地球上汇聚成独属自己的光。

杨绛先生和钱钟书的爱情大抵就是这样，他伏案写《围城》，写到精彩处，他笑，她也笑，正是两个独立的灵魂，才会碰撞出相守一生的承诺。

当年李清照和自己的丈夫也曾如此，虽最后落得凄凄惨惨戚戚，但那段互写诗词的佳话被广为流传。

我不曾想过，还会前行多久。在雨夜湿润的水汽里，眼眸里浸润着彷徨。在混沌的昼夜颠倒里，在劣迹斑斑又无所畏惧的年轮里，我们必须要让自己活成烟火人间，眼里深藏的是朝霞的壮丽，耳里倾注的是凌晨昙花盛开的声响，心里盛满的是对山风暮雨的热爱。在得知了我们必须独自面对时依然保持热爱，这不是孤独，是享受。

岁末的灯火在夜里闪烁，窗户里倒映着一张张陌生的面孔，在茫茫璀璨里，手里紧攥着世俗。

就连联合国也声明，九零后这支曾经承载了无数争议、质疑和批判的队伍，也终将迈进成年和中年的框架里，以及即将而来的沉重的未来。

无论如何都该相信，一个人，不仅要忍受自己春风得意时的景象，呼朋唤友的岁月；更要经受得起自己山穷水尽时的模样，享受独自前行时的修行。

内心如若有风景，尘世便不再荒凉。活出自己最真实的模样，自成人间。我们在铺展生活的宽度时，也要采掘灵魂的深度。

我们都是单枪匹马，终将孤独赶路

1

我有一个远房的小姑，生活水平算是亲戚中最好的。今年刚喜滋滋地生了二胎，儿女双全，在旁人眼里幸福得不得了。她朋友圈里的评论往往都是祝福和羡慕。可我知道，小姑曾经经历过什么。

小姑年轻时很叛逆，早早就进入了社会，背井离乡，无学历无背景，一个小姑娘在外地能安全地生活成了一种幸运。刚去外省时，她做过服务员，做过售货员，给别人洗过碗扫过街，一个年轻的生命忍受着这些真的很难。她说，她永远都忘不了以前她走进商场后，服装店店员那种鄙视的眼神，觉得她穷酸都懒得介绍服装。小姑说，那时候她真的觉得又气又想哭，可她不能回去，因为当初年少轻狂背离家乡的誓言，她不想背弃。

　　小姑的爱情也很不幸，涉世未深便爱得疯狂，后来，有过一段不幸的婚姻。这都是她强大前的伤口，一层一层，逐个结痂。而小姑的事情在家乡却是另一种情形，自从小姑离家，家乡的人们便各有说辞，说小姑的父母不会教育孩子，说小姑在外面不检点，压垮人心的往往不是负担，是流言蜚语。

　　小姑一个人咬牙生活着，和家里报喜不报忧。后来她工作地方的经理觉得小姑能吃苦，便好心提携她，小姑的生活渐渐好起来，她认识了现在的丈夫，有人让你千疮百孔，也会有人护你一世周全，我又相信爱情了。再往后，小姑又靠着努力和老公以及一些朋友合开了一家小公司，生活渐渐走上正轨。小姑过节驾车回到家乡时，人们都议论小姑出息了，可是，这些背后的心酸又有几人能懂。

2

　　曾经班级里有一位很特别的女生叫璇，她特别努力地学习，但成绩排名总是很低。璇总是早上第一个到班级里的，站在走廊里大声地读英语单词或背课文，她上课时眼睛紧紧盯着老师，课后第一时间冲上去问问题。

　　快高考时，她总会把那本厚厚的紫色封皮的《5 年高考 3 年模拟》背回家。她背着一个粉色的帆布书包，因为装太多书，拉锁总是坏。璇晚上不吃饭，总会待在走廊角落里碎碎念政史地。

有同学为她感到可惜，明明很努力，却得不偿失。爱德华多·布里塞诺在 TED 演讲里曾说，之所以有些努力没有成果，是因为我们花费了太多的时间在执行区，而疏忽了学习区。璇一个人的坚持终有回报，高考她破天荒考出了最好的成绩，如愿考入自己喜欢的大学。

3

我是个普通的大学生，我很抗拒回家。不是不想见父母，而是不想见亲戚邻居。小时候早早被贴上了好学生的标签，感觉全世界的人都在翘首企盼你考取名校凯旋，他们的意识里，在一个小学校里当全班第一就是清华北大的种子选手，他们不懂我们十年寒窗经历着怎样的竞争和各种外界因素的影响。他们只会在我高考后问我考得如何，会在我放假回家问我读了什么大学，听到我的回答后又一脸失望，像是写《伤仲永》的王安石，我不是仲永，我也经历过高考的苦难，可当我看到他们的神态时真的很伤心。

是啊，我以一个一本的分数在二本大学上学，因为只过线二十多分，我根本进不去一本院校。但我总不能每次都和别人解释这么长的定语，事实如此，我并没有如他们所愿。

昨天洁仔给我讲了一个她在贴吧看到的帖子，大意是：父母是不知道你真正的感受的，比如你在朋友圈发了一张学习的照片，父母会说，孩子，别累着自己，而朋友会说，你又在那里装。我们的努力，只有我们自己能感同身受。

初中时很喜欢一句话：你要有最朴素的生活和最遥远的理想，即使天寒地冻，路远马亡。可能那时候太敏感和矫情，觉得这句话道尽了我的心声。

后来，我喜欢独木舟，喜欢她的文字、她的故事。她在《荆棘王冠》里说："这世上没有感同身受，所有的开导都是纸上谈兵，所有的安慰都是隔靴搔痒，所有的陪伴都是徒劳无用。"我们的喜怒哀乐，我们的成王败寇，只有我们自己懂得曾经经历了怎样的凄苦和心酸。

4

我只是喜欢写文章，从不奢求得到赞扬。身边知道我写文章的人寥寥无几，这么多年还会有自卑敏感的习惯，感觉是融入骨髓的特质了。所以我的爱好不愿意拿出来晒。直到有一次我把一篇文章放在朋友圈，同学们纷纷评论，甚至有些下载了简书来看我的其他文章，那瞬间我有小小的兴奋，但迅速被不安取代，后来我把那条朋友圈删了，他们也只是在那次看我文章之后再无响应。他们继续他们的生活，我继续我的爱好，默默前行。生活似水，风起波澜后，终归于寂。

针只有扎在自己的皮肤里才会觉得痛，鞋只有穿在自己脚上才会懂合不合适。深夜入睡的父母永远不知道你赶工作时的心酸，他们会说，别总熬夜。可我们也不愿意。你遇挫折，在外人眼里是无能，你伤心难受，会有人觉得你是无病呻吟。往大了说，哪一位伟人不是独自承受孤独和枯燥才成功的？反视自己，往后的路肯定是孤独的，我们必须忍着。

谁都是单枪匹马地在与世界周旋，只为能寻得一席之地。我们都将孤勇前行，无人问津，冷暖自知。

愿每个努力的你终会行到风吟处，行到阳光里，遇到鸟语花香，也拥有车水马龙，我们都是自己的独一无二。

万物爱我肆意，也恨我不争气

1

　　曾听一位作者说，不论用什么方式活着，我们只有一个目的，别违心，以及别后悔，还有去他的人言可畏。

　　想想也是，我们很多时候觉得累，觉得迷茫，并不全是真的处于进退维谷的境地，而是自己把自己困在情绪的旋涡里，是矫情的放大，也是惆怅的作祟。

　　我在写下这个标题的时候，脑海里浮现出春夏那双似清晨清冷浓雾的眸子，摒弃了人间清欢。

　　这句话本是她写给歌手陈粒的一封信的结语：万物都爱我，也恨我不争气。

　　人们常常感叹，人间值得，人间不值得。其实，值得不值得不在万物，而在于自己的内心。这世间万象是公平的，它的一举一动都不是为了讨好谁，只是自然规律，应当如此罢了。而我们擅长将其赋予深意，抒发欣喜或是悲痛，都是因为我们曾从那里一步步走来。所有看透或不明了的事情，都是我们情绪的自导自演，万物尚可温柔，自己又何必执拗。

十二岁那年的生日，我的愿望有一箩筐，蜡烛将要燃尽才吹灭。

十七岁那年的生日，我的愿望是考上心仪的大学。

二十岁时，我说，万事胜意吧。

越是长大，心愿越是模糊，包含了太多的顾虑、世俗和不甘。今天在网易云的歌单里看到一句话：愿山野浓雾有路灯，风雨漂泊有归舟。

人有时候就是会很脆弱，走夜路不怕，被欺负不哭，最怕的是那一声似有似无的问候。就像三九天里的北风大可肆意，但容不得一点融化寒冰的暖意。

我们行走的漫漫路途，很多时候是漆黑一片的。而倔强和不甘所付出的代价，就是要寻找那雨雾里的路灯。

默默告诉自己：万物都爱你，人间仍值得，自己又怎能不争气。

2

曾经一位读者朋友和我讲：学生时代真好，内蒙古的草原一定很美吧！我也是北方人，可出来这些年，好像四季更迭都不那么明显了。

我知道，你出去不是为了看气象的变化，而是想触摸人生的四季。

每个人的三观都是不同的。有人觉得早早找一份稳妥的工作，收入可观，家庭幸福就是一种成功。也有人觉得脚就该属于路，年轻存在的意义不是为了老去。

人，都是世俗的产物。体面，这个词的真谛究竟是腰缠万贯还是看尽繁华和凄凉，我也不敢下定义。

但我确定，当你被人群环绕时，一定觉得金钱和权势是面子；可四下无人时，又觉得人间值得的是做那些自己一直想做但不敢做的事情。

人的灵魂里总有两个小人儿在打架，一个告诫你学会现实，另一个让你爱荒野的风声。

所以安稳美满的人总说：你图什么？

而闯进风声里的人总说：你不懂。

去年冬天，我去校外上课，中午在灌饼摊子上听到了这样的对话："你说你，在外地跑什么跑，我开个摊子不比你在外头赚得少。"说话的是正在忙着做灌饼的师傅，他手法娴熟，一次性可以做三份。

对面另一个男人沉默良久，他将手塞进口袋顿了顿说："再过几年吧。"

我看着他垂下头来的模样，想起了那个叫朴树的歌手。人人都夸朴树有才华，有能力，但与他同辈的歌手都大红大紫名牌傍身，他却一直不温不火，甚至在最艰难的时候还需要朋友接济。

你若问他，后悔吗？他可能都不懂你所谓的后悔是指什么。因为于他而言，值得的是他全心全意热爱自己爱的东西，而不是讨好世俗法则。

可像五月天这些歌手，他们同样爱音乐爱到骨子里，可他们能够委婉地妥协于世俗又巧妙地表达自己。

殊途同归，但这途终是不同的。

综艺节目《奇遇人生》的文案写道：我的人生时而有这种情况，有什么发生了，不是生命的安排，而是追求，这个世界有多少种性格、癫痫，就有多少种面孔。

3

姜思达在《透明人》里采访春夏时问她："我们为什么要成为不一样的人呢，我们和别人一样安安稳稳的不好吗？"

"当然不行了。"春夏笑着说，可她在叙述回忆的时候又红了眼眶，"我就是要这个世界上有一束光是为我打的，我就是要有一个舞台是为我亮的，我要这个世界上有人是为我而来的。"

我最初认识春夏时，是《爱格》的插图。她漂亮但不扭捏，英气却不张扬。

在争名逐利的娱乐圈，她更像是一股子来意明确的夜风，在获得影后头衔后选择沉寂，不接商业片，甚至在为奢侈品牌拍广告时也是素颜出镜。她活得通透，有自己的倔强，也有自己的目的。

每一代人中，总会有一部分，像春夏一样的存在，他们有时候和这个世界格格不入，但有时候也知道，万物法则是要遵守的，而自己要做的，是小心翼翼维护自己那仅存的倔强。

读书时代很是羡慕两种人，他们被掌声和鲜花环绕。一种是能静坐下来一学就是几个小时的学霸，他们自律、优秀；另一种是上课听讲，放学疯玩的学神，他们聪明，也优秀。

而自己大多时候是那种很不起眼的存在，样貌平平，成绩一般，发言轮不到自己，甚至提问都很难被老师想起名字。

但很难有人懂得，那些个不起眼的学生，也有属于自己的内心丰富世界，他们喜欢研究一道超纲的数学题，喜欢溜到天台吹风。于是很多小心思成了属于自己的，慢慢凝固成长大后某种不肯妥协的情愫。

有时候也想，自己多不争气。

这山峦雨露都为你让路，你却不肯踏踏实实地去走，反倒要走那些歪歪扭扭不被看好的路，大人们觉得你不懂事，同辈们觉得你不明智。

就像回到了小时候那个渺小的自己，老师撕掉你课本下的小说，父母没收了玻璃弹珠。而自己怀着那一点点不被看好的倔强，一路跌跌撞撞。

听闻山间有风声，不知是何人吹笛何人泣。

4

这个时代的城市，白天人潮汹涌车水马龙，夜里灯火辉煌四面来风，但这个时代的人，无论是哪种质感的生命的存在，都是孤独的。

网易云里有一条热评这样说：我是九五后，十八岁就出来实习，如今工作一年多了，从两千多元月薪到现在月薪五千块的文案策划，经历过太多深夜，一个人住过没有阳光的城中村，走过凌晨四五点的广州。我相信，未来会更好的，对吧。

知乎里有一条评论是这样说：毕业一年半，每天早起挤地铁，忙着去公司打卡，工作太累总有加不完的班，生病了自己扛着，在这个城市没有朋友没有亲人没有恋人，最舒服的时候是周末窝在床上看一部电影。

奋斗的生活千姿百态，哪有轻轻松松转发个锦鲤就躺赢的呢？

可能我们都是那个不争气的小孩，在坚持着不怎么被看好的东西，无所谓对错，只关于心声。

以前和一个长辈聊天时，我问她：人为什么要这么痛苦地活着？

她告诉我：你的思想负担太重了。

很重，有时候重到我觉得自己寸步难行，很多东西是没有人去逼迫，只是自己为自己设置了无形的屏障，将应该做与想要做区分开来，明明想做的事情，却总在克制自己去做应该做的。

她说，人这一生都是在做选择。

年纪越大备选答案也越少，当你还是个孩子的时候，你可以尽情描绘理想；当你成年了，你会发现已经没有时间从头再来，等到头发花白牙齿掉光的那天，你的选择只有生与死了。

而那天夜里，她回家将面对的是熟睡的孩子，而我将面对的是四下无人灯火阑珊的长街。

珍妮特·温特森说，照自己的意愿一息尚存，也好过听着别人的安排，过着虚张声势浅薄的生活。

我们太多人为了那虚张声势，却放弃了属于自己的一息尚存。

我想让你懂得如何在这世俗里奋力生活，妥帖安放自己，也要懂得去听听那荒野的风声。

没有谁能活成刀枪不入的模样，我们这一生不是一个桶，一直往里面装东西太累，它是一个漏斗，随着年纪的增长，我们需要让有些东西漏出去，需要给自己一个喘息的机会。

这万物从不计较你是否争气，它爱你的怪癖和坦荡，也爱你的努力和倔强。

总要让这世界的一小部分留住你

1

　　一个能熬过黑夜走向光明的人，很大程度上并不是因为他有着超越常人的耐力去应对黑暗，而是有微弱的光芒在前方指引他坚定地追寻。

　　我以前上学的时候，总会路过一间没有院子的屋子，在屋子旁有一块栅栏圈起来的土地，每年四五月的时节，都会开出一大朵一大朵或红艳艳或粉嘟嘟的玫瑰花，每次走过那一小片玫瑰花田我都会想，它们的主人一定非常热爱生活。

　　后来一次机会，我看见了那个坐着轮椅浇花的阿姨，五十多岁的年纪，头发一丝不苟地盘起来，穿着件藕粉色绣花对襟衬衣。那轮椅，仿佛不是病痛的附属品，倒像是为她浇花而定制的专座。我实在喜爱这些花便主动向这位阿姨讨要些玫瑰花幼苗。

　　她坐在轮椅上在旁侧指导我带走哪几根苗，言笑晏晏中丝毫看不出她失去双腿所经历的苦痛。聊天中得知，阿姨是在刚结婚后出交通意外被截去了双腿，起先丈夫很负责任地照顾她的起居，尚未度过婚姻的蜜月期，在男人的认知里她再也无法传宗接代，于是没过多久就腻了，一年不到，他抛下她走了。而阿姨随着家人度过那段漫长的岁月，其间经历了父母双亲的离开，病痛和心理一次又一次的折磨。

"我也想过一走了之，反正这世上已无牵挂。只是，每当我看到这开得美好的玫瑰花时，就觉得一定要养好它们，一年又一年，一转眼我都五十七岁了。"阿姨笑着说。

"那您夏天种花，冬天岂不是很孤独？"尚不懂事的我追问道。

"怎么会孤独，冬天的时候我就在等待夏天的到来。"

听罢，我似懂非懂地点了点头，那时候的我，尚不懂生命的质感并不在于时间的充实而是灵魂的丰满。

给我打包好玫瑰花苗，阿姨笑着邀请我有空多来看看她的花。

从那时候起，一向情绪化严重的自己，被那片花田的主人治愈了，我并未询问阿姨是如何渡过那段痛苦的时间，因为，那片花田早已说明了一切。

有时候我们觉得自己身临万丈深渊，觉得生活就是一场悲剧、一阵台风、一张黑白底色的照片。但总会有一小部分能够让我们驻足，会让我们觉得风雨飘摇中藏着一条彩虹。

2

舟舟在一月份出了新书，我早早地就计划去杭州参加她的签售会，因为一些原因，杭州站的签售取消了，正当我筹划赶往下一站的时候，见到了她行程安排中的呼和浩特市。像是冥冥之中的安排，在我学生生涯的最后阶段，我在自己读书的城市见到了那个以文字陪伴我走过数十载的青年作家。

那个时候的舟舟，在我心里是个有着神秘色彩的作家，她有着普通女孩没有的大胆张扬遗世独立，也有着普通女孩拥有的柔软脆弱生涩。她的文字像毒药，点燃了我骨子里的叛逆，也安慰了我无数个哽咽的深夜。隔着薄薄的几页纸张，我开始期待见到这个渴望让自己活成一棵为岁月生长树的独木舟，开始向着她所讲述的泥沙俱下的生活迈进，开始细腻地触摸身边事物的粗粝和温柔。

可以这样讲，在我过去的青春岁月里，想过无数种堕落的方式，有过无数次的绝望，都是舟舟的文字救赎了我。所以我一步步小心翼翼地迈向她，我知道，不见她，是遗憾，见她，是夙愿。

签售会给我最大的感触就是温暖。我因为当天先要处理一些事情，去得晚了点，一直在担心领不到内场票，没想到刚冲到入口的时候，旁侧有一个女孩说："你是来签售会的吧，我有事不能参加了，这个送给你吧。"

"这个"，正是一张内场票。

舟舟一直温柔地告诉大家不要着急，慢慢说。助理在一边焦急地说："不好意思，舟舟等下要赶飞机，不能给大家签了。"

即使助理这样说，舟舟一边说没关系，一边认真写好每一句读者要求的签字。

从签售会出来，突然觉得心脏有些失重，站在独木舟的书的摆架前发怔着。突然有个带着略微沙哑的声音响起："一粒红尘，是个好名字。"

我回头看，是位看起来六十多岁的老大爷，他左手捏着刚摘下来的金丝边框老花镜，右手拿着一本《一粒红尘》。

"是呢，也是个好故事。"我笑着回应了老人家。

老人家似乎来了兴致，紧接着又说："这书啊，不在于它多贵，一本好书，就是让你看了觉得有用了，受益了，哪怕只是其中的一句话启发了你。"

一本书，何尝不是一个人生。或许曾经青春年少时我读独木舟的书时，有那么一句话打动到了我，而往后的人生中，你我皆是众生，品尝的是那人间百味，生活的大部分或许是那么不尽如人意的，但总有那么一句话，一件事，一场对话，一次经历让我们觉得，这人生总要有一小部分留得住你。

杨宗纬在《这一路走来》中唱："这一路走来说不上多辛苦，庆幸心里很清楚，是因为还有那么一点在乎，才执着这段旅途。"不论是对一件事情还是一个人，我们之所以想要继续，是因为还在乎，在乎那留得住我们的一小部分，因为在乎，哪怕只是微小的一部分也是无法反驳的理由。

愿你一生被爱，
一世可爱

年少有为是秋酿，爱而不得该冬藏

1

2012 年《那些年，我们一起追的女孩》上映，柯景腾对沈佳宜说："新婚快乐，我的青春。"

2014 年《致我们终将逝去的青春》上映，郑薇说："正如故乡是用来怀念的，青春是用来追忆的，当你怀揣着它时，它一文不值，只有将它耗尽后再回过头看，一切才有意义，爱过我们的人和伤害过我们的人，都是我们青春存在的意义。"

2015 年《我的少女时代》上映，林真心对徐太宇说："谢谢你出现在我的青春里。"

忘了电影院里坐了多少人，只记得有人泪流满面告诉我，后悔是真的，开心也是真的，但放下是假的。再后来，关于青春的电影质量参差不齐，消耗着观众内心藏着的情怀。

青春是一个名词，像童年中年一样普通；青春是一个动词，是脸红心跳和惶恐不安。

每个人都有青春，说不上多特别多盛大，甚至它来临的时候自己都一无所知，直到后来与人谈及时，才发觉那些回不去的得不到的，就是青春。

所以啊，青春，是后来人关于遗憾的琐碎。而我们呢，心是看客心，却成影中人。

2

很久之前在微博看到一个小视频。是一档外国节目做的采访。他们请了三男三女，在中学时期一方暗恋另一方。其中一位穿蓝色毛衣的男生很惊讶，才知道对面的女生曾暗恋他。女生红着眼眶笑了笑：

是啊，可能我太会隐藏。尔后，男生又说："你怎么不说，其实那时候我也喜欢你。"

女生摇摇头："那时候的我多差劲啊。"因为不敢，因为觉得不配，让很多感情最后止于唇齿。男生问："结婚了吧？"女生重重地点了点头，两人笑着流泪。若当初有一个人愿意捅破这层薄薄的心思，那结局会不会不同？

可笑的是，人生从来没有如果。

一位朋友告诉我她曾经因为喜欢一个男生一整晚都不敢卸妆。因为喜欢而迷失自我，这大抵是喜欢一个人最卑微的方式，低到尘埃的自卑是扎进骨子里的在别人眼中的云淡风轻，于自己而言就是惊涛骇浪。

后来的她变了，学着护肤保养健身学习，她说自己在一步步变成最好的模样。有些人的出现惊艳了时光，他没有指教你要怎样做，但你知道，为了他你必须要这样做。

电视剧《最好的我们》里，耿耿说："当时的他是最好的他，后来的我是最好的我，可是最好的我们之间，隔了一整个青春，怎么奔跑也跨不过的青春，只好伸出手道别，别太早说自己走完了爱的一生，一生那么长。"

绵绵岁月里，路过我们心上的人都扮演着各自的角色。只不过，有些人来得太早太早，我们来不及懂得就要挥手说再见。

3

李荣浩在《年少有为》里唱：假如我年少有为不自卑，懂得什么是珍贵。

太敏感太自卑，总觉得自己配不上。可当真的有能力站在他身边时，身侧只留猎猎风声了。

前几年看过一篇真实故事。女生和男生相恋于高中，毕业后一起北漂，奋斗了整整四年。两个人住在逼仄的小隔间，厨具只有一个电饭锅用来煮白粥。有一段情景让我一度泪目：一天，女生突然接到面试通知，她匆匆忙忙去洗头发，可洗发水早用没了，情急之下便抓起地上的洗衣粉往头上倒，抬头时，便看见站在门口的男生，他红着眼眶一言不发。后来，男生因为家中亲人病逝想带女生返乡，女生执拗地留在了北京。

他说："是我对不起你，可我想把最好的给你。"

她哭着说："杨哥，我真的穷怕了。"

不是不爱，不是物质，是现实太过残酷。再后来，他在当地做了本分的公务员结了婚。而她，孤身一人留在了北京。

他们在最贫穷的那几年相拥而眠，却在事业有成的这些年背道而驰。少年人爱的方式是错的，尚不懂爱的真谛是长相厮守。自作多情地觉得自己离开几年也无妨，想着年少有为后再来寻得心上人归。可很多东西是等不起的，当你选择放手那一刻，就真的失去了。

这首歌的评论里有人说：别小看一个女生愿意陪你吃苦的能力。在这个物欲横流的时代，女生被贴了太多标签。倘若真的喜欢一个人，苦一点又何妨，真正害怕的不是苦日子，而是没有光的等待。更怕的是，那个不想让她受累的人，擅作主张先选择了退场。年少的时候渴望有所作为，成年后却宁愿退回所有财富和成就。只因年少无为时有你，事业有成后再无你。也罢，挑着眉心酸地笑笑：

祝你，新婚快乐。

祝我，年少有为。

其实这一切挺像至尊宝和紫霞仙子，他做不到不负如来不负卿，她也不可能站成树的姿态等陌上良人归。于是所有错过和分离都成了剜在心口的刀疤。

4

心理学上关于遗忘的探讨有这样一个观点：遗忘不是因为我们记不住，而是将一些记忆推出意识之外，因为它们太可怕太痛苦，遗忘不是保持消失，而是记忆被压抑。

你的怀里曾经拥着一个姑娘。她长相一般，爱吃爱笑，笑起来肆无忌惮。你扯扯她的发尾，她便红了脸。你给她摘99颗星星，她晚上睡觉都不安稳。哪怕是一份十几元的麻辣烫，她也能吃得津津有味。她的眼神明明暗暗，闪烁着你们的未来。可你们，终究没能在一起。

你的身侧曾站着一个男生。他真挚腼腆，舍不得你受半点委屈。你想喝胡辣汤，他跑遍三条街都要买到。你想要的东西，他省吃俭用都要送给你。你给他捎一份热乎乎的早餐，他就能偷偷乐半天。

后来，你遇到过很多女孩，她面庞美丽、身材窈窕。她说，你要月薪过万，有房有车；她说，你得专一体贴，孝顺担当。后来，你遇到过很多男生。他身材挺拔、学识渊博。他说，你要颜值姣好，身材不差；他说，你要自立自爱，温柔善良。

再也回不到看一眼就决定一生的年纪。成熟之后的爱情更像是娃娃机里的玩偶，透着五光十色，暗地里已经明码标价。

你一个人总背负着回忆，就像蓄满水的河堤，随时都可能崩溃。我们都懂，堆积着这些情绪是无法继续前行的。

白月光始终是白月光，因为得不到才觉得疏离和惋惜。倘若真的得到了，天长日久也会成为那滴蚊子血。回忆之所以痛苦不是因为太糟糕，相反，是因为太美好。年少有为是少年人在秋天酿的酒，冬天来临，爱而不得就该被埋藏。

如果一生被爱，谁愿意颠沛流离

1

　　爱与被爱，都是让人备感珍贵的东西。可我们似乎从小到大都在反复练习如何去爱的本领，却忽略了被爱的权利。有了好玩的玩具，你要拿出来让给其他小朋友，这是分享；盘子里最大一块西瓜要递给长辈，这是尊重；和弟弟妹妹玩，要做默默守护他们安全的那个人，这是担当。长大了，遵从父母的意愿，这是懂事；谈恋爱了，被甩了，对方说你毫无趣味，说你不值得被爱；成家立业了，你早出晚归不计回报，这是为人父母该有的责任；即将入土为安了，你沉默在最不起眼的角落告诉自己，别不识趣地去给孩子们添麻烦，这是体面的人生退场。

　　可谁又能知道，那个总在学着如何去爱的你，是怎样熬过一个又一个安慰自己的夜晚，如何说服自己爱与被爱是相通的，总有一天自己会得到该有的被爱，如果可以，谁愿意无枝可依，谁又愿意颠沛流离。

没被富养过是什么感受？喜欢的玩具只能远远地看着，喜欢的地方只能在脑海里转着，后来，心里所有的羡慕都化成嘴上的一句：我不喜欢。

不被富养的童年，像是缺少某种色彩的照片，可当自己意识到与别人家孩子的差距时，自卑也就随之而来。

所以，没有一种心理情结是无故产生的，我们在很小的时候所受到过的伤害都会在长大后原形毕露。情感是个自私的东西，你每一次学会付出爱的同时，心底里也在渴求着同等的被爱。不说，不代表不期待。

2

这是一个真实的故事，一个真实的女人。之所以称她为女人，是因为她早已是两个女孩的母亲，上一次见她是两年前，她刚拿上驾照，一个年近四十岁的女人，考驾照是为了生活。

凤凤是我的远房小姨，也是我见过最坚强的女人，没有之一。

凤凤家里有三姐妹，她是大姐，一个 1980 年出生的农村姑娘。她个头很高，黑黑瘦瘦，像鲁迅笔下形容的如圆规一般的女人，但她的颧骨很高，眉毛细长，纤瘦的胳膊总感觉有使不完的力气。

凤凤小时候家住在农村，一间很久之前的公社不要的破旧小土楼里，虽然是八零后，城里的女孩早已满大街穿名牌聊小资，但她读到初中就辍学了，因为家里供养不起多个孩子读书，她还有上学的弟弟和妹妹，被辍学的就成了凤凤。面对父母这样的做法，当大姐的凤凤一声没吭，提着篮子，拿着镰刀钻进了山后的灰菜丛里。

十六岁的凤凤在家里帮父母做了几年农活后，独自到外面谋生。

怎么形容凤凤当年的窘迫呢？

她的衣服几乎都是别人给的，不太合身就拿去裁缝铺修修补补，而且，她过年的衣服都是在三十那天才去买，清仓甩卖特便宜。凤凤像个男生一样在社会上摸爬滚打，就连工地上搬砖的活她也做过。生活才不怜香惜玉，弱者就受苦，凤凤受足了生活的苦，从小缺爱的女孩怎么敢奢求遇到爱自己的男孩。

可等凤凤攒了点积蓄时，又面临着妹妹上大学的问题，凤凤的父母都是农民，荒地满山，根本供不起妹妹的学费，于是这个重担就落在凤凤身上，偏偏妹妹不懂事，生活上不懂节约，就这样，凤凤一个人整整供了她四年。

3

熬了这么些年，凤凤也该谈婚论嫁了，一个多苦多难的女人最期待的是有个爱自己的男人，不必驾着七彩祥云，给她一个家安稳下来就好。

可凤凤的第一任丈夫看起来人模人样，实则有家暴倾向，结婚两年，凤凤常常被打得鼻青脸肿，实在忍受不下去了，她选择了离婚。

我见过凤凤的第二任丈夫，一个睡觉都要搂着酒瓶的男人，他穿鞋从不提脚后跟，走起路来像是被抽了骨头。这是个窝囊的男人，但起码对凤凤态度还算好。

凤凤成了家里的顶梁柱，她平时会在一个彩钢房里卖菜，凌晨四点就去上菜，家里的孩子也得自己照顾，她在逢年过节时会给别人家擦窗玻璃，几十层高的楼房，在没有任何保护措施的情况下，她眼睛眨都不眨就钻了出去。我还见过，她开着大货车在高速上奔波，为了生存。或许是我短见，在她之前，我只见过男人开拉货大车。

孩子上了小学，他们一家搬到了城里，她还是在为了生计奔波。好在两个女儿都很懂事，学习成绩也名列前茅，这让凤凤备感欣慰，虽然受足了生活和婚姻的苦难，但起码有孩子留住了她坚强下去的信心。后来再见凤凤，印象里是她最温婉最像女人的一次，她穿着米色长裙和细跟系带凉鞋，背一个红色的小包，虽然质量一般，十有八九也是在大年三十时买的，但我依旧很喜欢她那时的模样，像是为了等待春天的花朵，像是等待起风的风筝，像是懂得为自己而活的女人。

4

我一直记得电视剧《欢乐颂》中樊胜美痛哭时的模样，那种不被心疼不被理解的样子，看着便令人揪心。可能你我就是那个躲在角落里哭的樊胜美，这个世界上光鲜亮丽的东西太多了，但真实的寥寥无几。

不是所有女孩都是在富养里长大的，也不是所有女孩都受到了应有的关爱，如果你的物质贫瘠，请学着让你的精神富裕，这是物质换不来的，只有你丰富了精神，才有力量提升物质。

微博里有一个女孩讲："我出生在农村，家庭并不富裕，小时候甚至可以说穷困，但很庆幸父母给了我全部的爱，他们让我知道，我很重要，我很好，我值得被爱。"

或许，十年前我们和别人看齐的标准只是一个洋娃娃、一碗红烧肉，可如今和别人看齐的标准可能是房子车子票子。

女孩子不被爱很悲伤啊，但不能说悲哀，因为成年后的我们要学会自立自爱，我听过很多因为贫穷而走了歪路的女孩，她们放纵时间、挥霍自我。真傻，这个世界上真正心疼你的只有你自己，如果连你自己都放弃了，谁还会珍惜。

之前在一本书里看到过一句话，大意是：你在十八岁之前埋怨你的父母没能带给你好的生活，这是情有可原的，因为人与生俱来的命运是最苍白的事实，我们无力反抗。而当你成年后，如果还在埋怨自己的父母，那就是自己的无能，此时的你早已剪断生理的脐带，未来无论是坦途还是荆棘都需要自己去面对。

我们该学着怎么富养自己，怎么爱自己，而不是戚戚长叹，喜欢的东西就去争取，在有人免你颠沛流离之前，先要稳住自己。不为别的，就因为前路迢迢，人生未卜。

人人常说，坏女孩要走四方，好女孩才会下厨房，或许，那个下厨房的姑娘是颠沛流离后的回归，而那个走四方的女孩是厌倦素日平生后的重新出发，爱自己这回事，从来不晚。

我熬过了所有苦，已经不期待和谁在一起了

1

　　我写过一些关于爱情的故事，有读者私信说：作者回忆里的爱情是再爱也别回头，想必你的感情经历一定很丰富。

　　一段又一段的感情或许可以让你总结经验去迎接新的恋人，可往往深陷其中的人是看不清事实的真相的，那些能清晰明白地道出爱情的真谛和妙招的人，要么留着一个缓慢愈合的伤口，要么是旁观者清。

　　当有一天，你发觉自己可以信手拈来甜言蜜语，不用质疑，你陷入爱情了，当有一天，你发现你心里有满满的话，却一句也写不下来讲不出来，张张嘴巴都怕有眼泪溢出来，那么，你一定失去爱情了。

　　不论失去什么，失去这件事情本身就让人不愉快，它意味着无论曾经是相交还是重合的线，都变成了永久的平行线。我们都很好，只是再也不属于彼此了。

既然爱情已经熄灭，又何必将两颗心捆绑在一起，不爱就是不爱了，没感觉就是没感觉了，有些东西是无论如何努力都无法弥补的，就像年轻时候留下的腿疾，从外表看并无大碍，可一到阴雨天，就锥心刺骨地疼，没有人能救赎你，包括你曾经深爱却无法得到的那个人，没有谁是离开谁活不下去的，但分离的那瞬间，是真真切切地感受到有东西从内心深处剥离，就像从身体上流失的血液。干细胞可以再生，可爱情这件小事向来无法平淡，从它发生的那一刻，就牵动着我们的四肢百骸和万千思绪，它走时带来的痛苦远远大于来时的甜蜜。可依旧有人在不断奔赴。

到后来，有人说："我依然相信爱情是存在的，只是，它不可能再发生在我身上了。"

2

芒果派小姐是个不安分的姑娘，自打我认识她起，她就在频繁地更换男朋友，我劝她遇到了好的男生就好好相处，别辜负自己也别辜负对方。她一边答应我，一边又如换衣服般换着男朋友。直到 2015 年，芒果派小姐一本正经地告诉我，她遇到了一个特别喜欢的男生，这次她要好好谈了，最好能一直走入婚姻的殿堂。

像芒果派小姐这么具有"恋爱经验"的女生，最后还是输得一塌糊涂。爱情就是一物降一物，她"降"住了历任男友，却败给了这个男生。

　　分手的日子正好是端午节，芒果派小姐端着凉糕掉眼泪，她说，我是真的很用心地对待他，他也是爱我的，都一年多了，究竟是怎么了。

　　可不爱就是不爱了，不爱的时候啊，过去所有的好都会被忘记，而那些矛盾挣扎和怨念会被无限放大，分开，成了唯一的解脱。

　　芒果派小姐说，她努力过，挣扎过，挽留过，但还是没能留下他来。她一个人坐夜车去他工作的城市等他下班，他有颈椎疼的老毛病，她就买了保健用品寄给他，她写了无数篇回忆过往的话语发给他，她为他，破了原则，乱了方寸，丢了底线。可他终究还是走了，最后一次关于他的动态，是一张结婚照片，芒果派小姐想不通那个长相平平的女生有什么魔力，也想不通他为什么选择在二十四岁的年纪就早早结婚，可这一切的前因后果，再也与她无关了。

　　后来的芒果派小姐再也没触碰过爱情，她把心收回来放到工作和学习上，拼命赚钱，有时间就去健身，有闲钱闲时间时就去旅行。日子依然是稀疏平常地过着，不会有人闯入又离开，空留自己那颗残破的心一点点去愈合。没有人知道她哭过多少长夜，失过多少眠，她极尽各种方法去寻找关于他的社交账号，只是为了看看他过得怎么样，有没有想起她。也不会有人知道她有过多少时刻想冲到他面前，只是想看看他过得怎么样。

　　为什么不愿意重新来一次？那些失魂落魄和心神不宁，都是自己一个人熬过来的，掉头发、黑眼圈、体重骤降，拼命工作赚钱，努力把生活过得热气腾腾，这一切，只有自己知道缘由，也只有自己能够渡自己。

苏打绿在《我好想你》中唱："我还踮着脚思念，我还任记忆盘旋，我还闭着眼流泪，我还装作无所谓，我好想你，好想你，却欺骗自己。"

总有一段日子需要我们拿命来抗，它不是两手空空穷得叮当响，而是内心被掏空，也不是露宿街头四下无人，而是蓦然回首无枝可依，是从天堂跌入地狱的落差，是那个带你遍历山河的人转身只留了一个背影给你。

在一个社交平台上看到一段对话：

"你是怎么把生活弄得一团糟的？"

"正常发挥啊。"

"那接下来该怎么过？"

"熬。"

当有一天我们真正度过了那个让自己肝肠寸断的时间段，就会渐渐发现，其实这场人生的对局，我们在放过对方的同时也在放过自己，熬必定是痛苦的，可一旦熬过去了，这一切也就释怀了。

三里清风三里路，步步清风再无你

1

书上说：当你梦见一个很久不见的人的时候，说明这个人正在忘记你。

不知是什么书，也不知理论的由来，但听着就鼻尖泛酸，要有多不配，连在梦里都是一厢情愿。

这世上稀罕的不是遇见，而是懂得；遗憾的不是错过，而是明知万劫不复，还要义无反顾。

回忆那个曾经用尽全力喜欢的人，像是要把深埋在心底的种子翻出来昭告众生，它就种在那里，没有发芽没有开花结果，因为长久以来无风无光，它已经发霉了。

喜欢一个人是一件幸福的事，不幸的是，在多年后你才发现，当初的付出有多勇敢，最后输得就有多惨。它会变成一个个午夜的梦魇，踏过铁马冰河，卷走四肢百骸。

2

一个男生和我讲过关于一个女孩的故事。

大一那年，男生和女友分手，结束了长达三年的爱情，他始终走不出来。

这个时候，他的生命里出现了另外一个女孩，女孩很喜欢他，到什么程度呢？

男生喜欢打球，不论中午还是晚上，这个女孩总会在球场上等着给他递水，他让她回去，她不肯。

所有节日女孩都记得给男生送礼物，从小摆件到生活用品再到自己织的围巾，男生不接受，她就站在楼下等，一直等到他出来为止。

可这姑娘还有更傻的行为。

她向男生表白了三次，历时一年半，男生每次的回应都是放不下前任。

大三那年，眼看着大家要忙着毕业各奔东西。女孩邀请男生去看电影，是夜场，电影结束后已经是十一点多，宿舍楼门已锁，两个人尴尬地站在街头的时候，女孩拿出了身份证提出了住在外面的要求。

其实那是她之前设好的局，男生回忆起来说："我真的很对不起她，但我不能辜负一个好姑娘。"

那天晚上发生了很多，也什么都没发生。男生和衣躺着，女孩流着泪说出了最卑微的请求。男生拒绝了她，在门外抽了一根又一根烟。从那以后，女孩再没去找过他。两人从此失去了联系。

"为什么不试着和她相处？或许你会喜欢上她。"我问他。

"每次接受她的好意我都很过意不去，但我真的做不到。"

喜欢一个人能到什么程度，卑微到尘埃，失去了自己的样子，无数次地否定和轻贱自己。

苏岑说："真正好的爱情，就是不费力，不需要刻意讨好，两个人就是顺其自然的舒服。如果一段情，一个人，让你耗费巨大的精力来取悦，这已注定是不能陪你到最后的缘分了。"

女孩的爱太浓烈又太卑微，她忘记了自己也是能赢得别人喜欢的发光体，她也能拥有一份得体的爱情，可感情从来就是无关先后和输赢的，有的人闯了进来，就是满城风雨。

3

网上有这样一个视频。

小和尚用稚嫩的声音问老方丈："师父，放弃一个喜欢了很久的人，会怎样？"

师父说："一瞬间心如刀绞，一瞬间又如释重负，他走了真好，再也不用担心他会走，再也不用费尽心思找话题。"

空谷也会有回音，喜欢应当有回应。

在电影《被嫌弃的松子的一生》中，松子从当老师到最后以悲惨结局的五十余年的人生中，喜欢过很多男人，她的每一次爱都是如火一般炙热。她为了讨得心爱的人的喜欢去当陪酒女郎，被追债、被家暴也心甘情愿，在她的心里，爱情永远是干净澄澈的，而为爱奔赴的她是值得的。

就像在《北京女子图鉴》中的林可一般。

她在北京遇到一个艺术家男朋友，为了迎合他的口味，林可戴起黑框眼镜穿上文艺的长衫，看无聊乏味的"艺术片"，听自己欣赏不来的音乐剧。公司里的同事和朋友都觉得林可换了一个人一样，没了往日的气场和活力。在这段恋情结束后，林可回到了自己生活的轨道，而这场经历无疑成了爱情旅途中的一次可笑标杆。

你看，要么喜欢一个不可能被接受的人，要么卑微迎合着喜欢的人，这都是病态的爱。

记得中学的时候，地理老师提问："什么时候日影最长？"

有两个时间：早晨太阳升起时和日落黄昏时。

其实，还有一种，是我望着你的背影的时候。《追光者》里唱道："多么普通渺小的我，因为你却有了勇气。"我用青春赴一场没有邀约的盛宴，你若不知，那便是我的心事；你若明知，那便是我的穷途末路。

4

像我这么胆小的人，连喜欢也藏得小心翼翼。总有人问："难道你没有喜欢过一个人吗？那种偷偷付出的喜欢。"

记忆中，我和我喜欢过的那个男生交集很少，我总是远远地看着他，毕业时，为了能和他合影我特意找了一帮同学去找他拍照，所以我们唯一的合影，是一张大合影。

听起来似乎比较平淡，可那时候的内心是狂欢着的。

叮当陪了大雄八十年，大雄临死前对叮当说："我走之后你就回到属于你的地方吧！"叮当同意了。大雄死后，叮当用时光机回到了八十年前，对小时候的大雄说："大雄你好，我叫叮当。"人生若如初见，其实挺希望你不要出现，这样我就不会一个人像个病人一样生活很多年。可人生哪有如果，发生的都定格在昨天，不完美也会变成完美，那双没牵过的手，没拉过的衣角，没资格站的身边的位置，留给后来的人，也挺好。就像《东邪西毒》里所讲的那样，我知道那是我得不到的，是最好的。

爱而不得是一种常态，下一次，请不要一个人走完所有的路。下一次，请活得像自己一点。

曾经喜欢的那个人，来时有风。往后余生，蒹葭已不在，白露难为霜，愿你也能拥有清风，一路带风，步步生风。

相似的皮囊千篇一律，相通的灵魂寥寥无几

1

去年冬天，惠子周末休息时来找我，她还是和当年一样瘦，但厚厚的棉衣藏着让人不可估量的力量。

她告诉我，因为刚毕业，自己没有找到合适的工作，现在暂时在一家收费站工作，等教师资格证考试下来就能去学校应聘。我觉得她太委屈了，为她抱不平，她却说，吃苦受累她毫无怨言，但她受不了和自己一个宿舍的同事。

收费站的工作不需要太高的文凭，同事女孩大多是中学辍学的，常和她一起的是一个叫雅的姑娘。

惠子刚去上班的第一天带了些零食分给她吃，剩下的放在自己桌上，可下班后回到宿舍，惠子发现零食包不见了，抬头看见雅正在她自己的桌子上吃得津津有味。

惠子有些尴尬地说："雅，怎么不和我说一声呢？"

雅十分不屑："不就是几包零食吗？至于这么小气吗？

真抠。"

后来的相处中，惠子才觉得自己是真的和雅处不来。惠子一直保留着读书的习惯，上班偶尔也会带本书看看，雅就会在一旁说："不愧是大学生，都出来工作了还看书。"酸酸几句，惠子懒得回她。

晚上雅常常会和她男朋友吵架，原因不是嫌男朋友不给她钱管，就是嫌不给她钱花。惠子很想告诉她，女孩该自己经济独立。

可还是没说出口，雅就翻了个身蒙上了被子。

惠子说自己真的和雅相处不来，不是因为自己眼光高。而是她受不了雅满眼讥讽地说读书没用。

是雅不打招呼就用自己的东西还理直气壮地嫌她小气。

是雅穿着地摊货还笑话自己穿得难看。

和一个三观不合的人相处，真的很累，我现在承认了。

2

浪浪是我的高中同学，前几天发微信告诉我，她终于如释重负了，以后一个人去食堂，一个人上课，但她一点都不觉得失落孤单。

我知道，浪浪和自己的室友静相处得不太好，她一直告诉自己，或许再磨合几个月，就好了，或许再相处几周，就会有所改善。

浪浪人如其名，喜欢"浪"，所以刚上大学那会儿，浪浪很积极地报了自己感兴趣的社团，回宿舍邀请静一起去时却遭到了拒绝，还有一盆冷水。

静说："你不是自己没事找事儿吗？放着宿舍不收拾，给别人当苦差。"

后来，再有相关的活动，浪浪没再邀请静。

浪浪学习挺勤奋，可成绩总是一般般，所以常常在自习室待到很晚，静有时候对浪浪的努力嗤之以鼻。有一次考完试后，浪浪和静说，自己可能又考砸了。

静却说："知道你也考不好，我都习惯了，学那么刻苦有什么用呢！"

最后一次关系破裂是因为浪浪打算假期去凤凰古城玩，她想看看沈从文先生笔下的边城原型，没想到静得知后，酸酸地说："你真是有钱不会花，旅游都不懂得去好点的地方，我也是服了你了。"

我想去哪儿和你有关吗？所以，与其强扭一段不合适的关系，不如趁早放手解放自己。

3

小舅以前是名普通的汽修工，后来开始做生意，有一次过年回家的路上，小舅边开车边感叹，自己真后悔当年没好好学学文化知识，现在张口闭口都是粗话，有时候和老板见面了都不知道该用什么词聊天，他说："要相处得来，首先要有相同的观点。"

　　剧作家廖一梅曾说，在我们一生中，遇到爱，遇到性，都不稀罕，稀罕的是遇到了解。

　　很多人疑惑张爱玲为什么会嫁给一个美国老头，而张爱玲知道自己在赖雅那里遇到了稀罕的了解。两人自麦克道威尔文艺营相遇后，便一见如故，谈文学、谈人生、谈阅历，越谈越投缘。张爱玲生平第一次觉得：从来没有一个人这么了解我。

　　无论是哪种关系，我们都应该建立在了解的基础上，如果连简单的三观都不能达成一致，日后还怎么相处呢。我一直以为，和一个人合不来可能只是性格不合，你文静内敛，她乐观开放，但如果两个人愿意彼此磨合，也能成为很好的朋友。比如电影《七月与安生》里的那两个女孩，一个疯狂大胆，一个听话懂事，她们依旧是很要好的朋友，可是我忘了一件事，七月与安生拥有同样的三观，七月骨子里藏着叛逆，安生灵魂里住着安稳。所以，和一个人相处，三观一致真的很重要。

　　人活着，不在于世界让你高兴，而在于你选择了高兴。

　　所有勉强呵护的关系终会化为泡沫，因为我们知道，我们的内心还有未知，还有不满，这不是内心想要的。

最可怕的不是忘记，而是从世间万物中想起你

1

忘记一个人最好的时间周期是一年。春夏秋冬轮番经过，悲喜焦忧也次第交替。这一年就像是一场漫长的电影，在自己的心里无声上映。没有人会懂，你为什么不愿踏进某家饭店，也没有人会在意，你为什么会对着某些风景笑、看着某些情话哭。甚至连你自己，也会在无意识中形成某种习惯，去躲避某些地点，绕开某条路。

像一只独角兽般缓慢前行，最后才发现，自己刻意躲闪的东西还是会涌上心海，在夜深人静的时候落下泪来。

第一次听"念念不忘，必有回响"这句话时，是在2014年夏天的一档综艺节目里，撒贝宁安慰落选的选手时这样说。他话音刚落，我便有了落泪的冲动。

那时候，我破败的青春急需一场甘雨，哪怕是用善意的谎言敷衍了事，也会给我短暂而麻木的欢愉。起码在我灰暗的

时间长河里，知晓下落不明的灯火好过无人问津的渡口。

这些年我一步步成长，经历了人生中的顺遂和无常，也渐渐懂得，最可怕的不是忘记，而是我们经年累月的念念不忘，有时只是用力砸在棉花上的拳头，明明想宣泄一个人承受着的情绪，可到头来又绕回到自己的心里。

这句话用在理想上面是一种美好，可用在感情上面，就是一种自残。

忘记最好的模样，是学会放下。

2

九月份的时候，我在车上收到一个女生的私信。

她说："我是看你那篇关于初恋结婚的故事才想找你聊聊的。"接着便给我发来很多话，语无伦次，错别字也很多，我想象不到手机那头的她有多慌乱，但能清晰地感受到她的悲伤。

她问我："该怎么走出一段放不下的感情？"

细讲才知道，她和她公司的一位同事恋爱了，认识两个月，两个人顺理成章地成了男女朋友，可男生在确定关系的几日后便像换了个人一样，热情冷却一大半，以前公开场合秀恩爱，现在连牵手都在闪躲，女生很不明白，为什么当初向她高调表白的是他，回过头来放手的也是他。

我很直接地告诉女生，这类人就是渣男，撩了就跑从不负责。

可女生并不信，当一个人陷入一段纠缠不休的感情时，感性是高于理性的，就是明明知道对方是错的人，却还放不下。

一个星期后，我又收到了她的消息，她说，她辞职了，也看开了，自己应该开始新的生活了。往小了说，为了这段感情她牺牲了自己喜欢的工作，从同事到恋人再返回到同事，这样的跨度对谁来说都是一个挑战，谁都不敢保证抬头不见低头见的那个人不会让自己有失神流泪的冲动。

往大了说，这就是一次感情消耗，说不上是成长，但一定是教训。放下了让你在万事万物中想起的人，离开或许是最得体的选择。

我不想安慰所有人时间可以解决一切，因为我们之所以把希望寄托于时间是因为自己无能为力，自己管理不好自己的情绪，所以才选择了最笨拙的方法。

真正想要忘记一个人的方法有两种，一是自愈，二是麻木，而大多数人需要先麻木才能自愈。

3

有位朋友问我："你写了这么多文章，怎么很少写自己？"

我想了想告诉他，其实自己仅有的些许感情挺乏味的，起码我现在回忆起来，已经都是无关痛痒的事情了。

去年的五月，我在去北京的路上。列车一寸寸远离我所在的城市，面临伤痛时我喜欢坐在车上，去哪儿都行，只要不停留在原地，那让我真真切切地感觉到自己是在远离。

　　耳机里一直放着戴佩妮的《Amen》，她有些哭腔的嗓音一直在唱：我崩溃是不是显得我愚蠢。

　　去一花一木寄明信片，一张寄给朋友，另一张寄给自己，我在横线上写：春天该很好，你若尚在场。去吃早点，豆浆端上来时热气腾腾弥漫了眼睛。你把我凉掉的汤倒进自己碗里，小心翼翼地不让我喝冷汤而你却喝掉，我又想起了你。

　　纵然逃离了那个所谓的伤心之地，心里早装满了关于某某的万水千山，如今身隔他乡，也会因为某个熟悉的事物湿了眼眶。

　　刚分开的日子在表面上风平浪静，可内心早已溃不成军。白天的时候已经克制着不再想起你，我以为我真的忘记了，可关于你的梦总像一场潮汐，在每天的梦里都会有大片的悲伤汹涌而来，四周很黑，当我发现只是一个梦时，伴随着庆幸更多的是悲从中来。

　　像个傻子一样喝醉酒，打电话发微信发短信，哪怕是一句敷衍我也想要得到一个回应，结果却是无人接听无人回复，第二天收到一句不咸不淡的：昨天我睡了。

　　人最轻贱自己的时候，就是寄希望于别人，想被惦记被牵扯被放不下，想被认同被赞许被记起来。

4

　　我在写这篇文章之前特意去看了一个关于分手的短视频，我以为我会哭，可看着那些流着泪的男女主人公的时候，竟然感觉不到一点悲伤。

早已放下了。

卢思浩在《愿有人陪你颠沛流离》里这样写："愿你能明白，这世上所有相遇都是有意义的。"你今天很难受很堕落，你以为你跌入低谷爬不起来，你觉得一个人难熬长夜漫漫，但请你记得，在这段安静的告别中，能够做主的只有你自己，自己反复揭伤疤，再长的时间只会延长病痛。

连成长这件大事都自己挨过来了，何况儿女情长。所有人都像小孩学走路一样，从相识相爱到相离，把所有滋味尝遍以后，在漫长的时光中，再学着相忘于江湖。

你之所以怀恨在心或是觉得感谢曾经拥有，不过是因为放不下。你见不得对方的千百种优点和行为习惯在你这里都会变成绕道而行。

承认吧，所有感慨都源于不甘。

不必去记恨什么，也不必去感谢什么，人来人往总有人注定是过客，爱的时候你情我愿，离开的时候体体面面。

这就够了。

所有隐藏在世间万物的过去，都会成为你多年后笑谈的秘密，所有曾萦绕你心头的人间星火，都会成为漫长人生中的江河错落。

不是所有喜欢，都能善始善终

1

很多人觉得小芒因为眼光挑剔才久久单身，可我并不觉得。

小芒是我多年的好友，长发飘飘，丹凤眼，大长腿。小芒的性格和外貌都比较受男生欢迎，所以上大学后陆陆续续有不少男生追她，可直到现在，她依旧单身。我曾逗她把她的桃花运分我一半，她却失神的说："好啊，都给你也好。"我笑她太过挑剔，让没人追的姑娘多伤心。

可她道出其中的心酸后我竟有点心疼她。她不过是在等一个对自己好的对的人，怎么就那么难。

2

A 同学是追小芒的第一个男生，小芒刚加入社团时认识的。在第一次社团聚餐后，大家互加微信，A 也加了小芒。聊天后的第三天，A 和小芒说想让小芒做他的女朋友。初来乍到的小芒有点慌，又不想这么快就答应 A 的要求，就如实说了自己的想法，她告诉 A 想先了解一下。在没有确立关系前聊天的内容会有些距离感，小芒不会越界，和 A 正常聊天一个星期后，A 再次说想让小芒做女朋友，小芒有些犹豫，她对 A 没有一见钟情的冲动，也没有时间陪他细水长流。她说再处处看吧。

　　后来的几天 A 没有联系小芒，几个星期后的一天里，小芒却发现自己无法看到 A 的朋友圈了，她被删除了，不过是半个月的纠结和考虑。

　　后来，因为都在社团里，在一次参加活动时小芒见到了 A，他搂着另一个女生，两人低头细语十分开心。A 看到了小芒，但转身离开了，小芒还没来得及参与，就被判为出局。

　　不过，我庆幸她当时没有答应 A。

　　B 同学是追小芒的第二个男生，假期时在同一节车厢里认识，当时小芒拿了两个大包和一个皮箱，热心的 B 帮小芒把包放到行李架上，在车上聊了几句才知道两人的学校离得很近。小芒性格偏内敛，不太会找话题，后来两人互留联系方式，回家后的第二天，小芒收到了 B 的信息，闲聊几句。

　　后来 B 常常会发一些透露心思的表情，小芒有些尴尬不知道该怎么回他，只能说让他不要多想。B 向小芒表白时也是在微信上。那时的小芒，看着身边的同学都在脱单，犹豫该不该答应他。最后，她委婉地拒绝了 B，B 说一定会坚持的，遇到小芒真的很幸运，他不想这样错过。小芒的心里有点感动，她想答应 B 先相处一段时间试试，可两人再没了联系。

之后的一个晚上，小芒收到了 B 的一条信息，大意是他不想再等了。其实那段时间的小芒正准备告诉 B 自己想和他试试，可小芒的话还没说出口，就结束了。

再后来，小芒在一次校友会上遇到已经毕业的学长，那男生见她的第一句话就是问家庭和学习情况，小芒表明自己的情况后学长居然再无音信。小芒还遇到过对她一见钟情的，有了之前这么多失败经验，小芒先发制人说："非诚勿扰。"那个人久久没有回应。

3

其实我讲的年龄段的人和即将步入婚姻的不太一样，此时的我们不用急着找合适的相亲对象就结婚，或许还能真真正正地谈一场恋爱。但在这些开始之前，请确认自己的心态，你是想找个颜值过关的排遣寂寞，还是真正喜欢的走心相处。

之前看过一篇文章，大意是为什么现在男孩都不喜欢追女孩，理由有很多，很多也很有道理。但我相信没有一个真心想谈一场恋爱的女生会随便找一个人草草交付自己的一生。一个女生如果还愿意和你聊天，你们之间就会有可能。

有人觉得小芒清高，有人觉得她挑剔，可没有人说她想有一场走心的爱情。以前车马很慢，爱一个人可以爱一生，因为需要等回信啊，现在信息这么发达，说话不算数也能在两分钟之内撤回，就连感情也能来去自如。

我们都知道，自己已经过了耳听爱情的年纪，暗恋一个人用尽好多年也只是那些青涩时期的套路，那个可以给你打四年水追你的男生现在或许在打游戏，那个能对你嘘寒问暖的男生或许在微信的那头和另一个女生甜言蜜语。

我问小芒是不是要让自己变得更好，等那个更好的他。小芒告诉我，提升自己是时时刻刻都能做的，但遇到对的人的概率却微乎其微。她会在让自己变得更好的路上等那个对的人。

不论是谁先动情谁先出击，走心的成功率会更高。

小芒说："我还相信爱情啊，没有到来的东西为什么要事先否定呢？"

宁可寂寞，也别爱上过客

1

八岁时，我的生日愿望是长大后成为一名医生。十三岁时，我的生日愿望是考上重点中学，家人平安。十八岁时，我的愿望是考上我喜欢的大学。二十二岁时，突然意识到，我的初恋还攥在手里，没有过脸红心跳，没有过山盟海誓。

身边有这样一群姑娘，衣着得体，笑容温暖，像超人一样照顾着自己。雨天晴天都会带着伞，东西坏了自己修，可上房安灯泡，可下水捞龙虾，累的时候躺在床上发呆，痛经的时候一个人蜷在被子里冒冷汗。活得无所不能，看起来有个男朋友像是多余。

阿毛是我认识的朋友中没有男朋友的女孩之一。她比较特别，她没有谈过恋爱，情窦初开都没有。认识她时是在高中，我俩合租房子住，刚进门就看见她撅着屁股哼哧哼哧地套被套。在我印象中，她刻苦努力，成绩中等。星期天待在出租房做《3年高考2年模拟》，从不夜不归宿，从不乱花钱。那时候我很敬佩她，一个人能很好地管理自己相当不容易。

　　后来，因为大学我们在同一个城市却不在同一所学校。刚上大学那会儿她常和我说说学校的新鲜事儿。可后来，手机屏幕上都是她的感叹，"宿舍女生都有男朋友呢，我对铺的那个姑娘又换了新的。星期天好无聊，别人都去约会了，这么晚了，她们都没回来，剩我一个在宿舍。"她二十二岁生日那天，突然哭着打电话和我说她做了一个奇怪的梦，说是自己要和一个男生结婚了，可那个男生却在婚礼上消失了。她说，是不是自己会单身一辈子？

　　自己明明不是貌似无盐，不是凶神恶煞，身高不差，比例协调。为什么那个比自己丑的女生都有男朋友，为什么那个五大三粗的女生对象换得比袜子都快。

　　我不是情感专家，刚开始我会安慰她，多参加一些社团或活动，扩大自己的交际圈。再不济，学校不是有交友平台嘛，可以去试试。可后来我发现自己出的都是傻主意。

　　其实阿毛苦于自己没有男朋友，不过是身边的女生都有而已，她觉得自己太孤单了，室友生病有人嘘寒问暖送水递饭，而自己只能难受着去买药，躺在床上与世隔绝。她觉得自己太需要有一个人来陪伴自己。甚至把想找一个男朋友的心事凌驾于学习和未来之上。

2

其实阿毛尝试过主动接近男生。大一那年，阿毛和室友一起参加了一个志愿活动，虽说是去献爱心，其实是室友带她去物色男朋友。活动之后大家有个聚餐，在包间明明暗暗闪烁的灯光里，室友让她和一个男生聊天要手机号，或是讲点别的，阿毛推推搡搡不想过去，男生很友好地笑了笑，阿毛尴尬地回之一笑，而后是漫长的沉默，她坐在最角落里的沙发上，再没参与大家的话题。聚会之后，室友责备她说没男朋友的原因就是拉不下来脸，情商低，阿毛有点沮丧。故事结局有点狗血，室友在那个活动里找了男朋友，挨着阿毛的目标男生坐着的一个男生。

还有一次，是阿毛的初中同学给张罗的微信版相亲。她同学说这个男生人不错，踏实安静，和阿毛很般配。阿毛决定主动添加为朋友，知道来由的男生很快通过了验证，可听阿毛后来说，他们的聊天连两张截屏都放不满。开场白是你好，对方回了句你好。不会聊天的阿毛不知道该怎么回只好说，我叫阿毛，你呢？男生或许是直男或许是不感兴趣。最后以一句我有点事先不聊了结尾。后来，阿毛和他再没聊过。

阿毛常常听刘若英的《一辈子的孤单》，还把这首歌设成来电铃声。每天进宿舍楼时很沮丧地看着一对对情侣。她真的很怕，怕自己孤单一辈子。

3

后来我不再建议她去尝试找男朋友。等这个事情虽然有点漫长有点傻，但当我们发现自己耿耿于怀却一直无法得到的东西其实还在来的路上时，或许会换一种心态。

你才二十岁，又不会一夜白头，该来的那个人总会来的。可你不能干等着，二十几岁又不是必须谈恋爱的年纪，但一定是你为自己的未来谋取幸福的时候。你担心没人关心你，你可以关爱自己，你可以多考一些证书方便就业，可以多得点奖学金，可以准备考研，可以努力工作争取晋升。或许在你提升自己的路上就会遇到和你般配、等着照顾你的那个人呢。

既然二十二岁时他没有来，还有来日，与其卑微地寻找爱情，不如高傲地提升自己。你可以得不到别人的嘘寒问暖，但必须学会冷暖自知，懂得变得更优秀，而不是终日戚戚埋怨。就像泰戈尔所说，终有一个午后，阳光慵懒，清风不燥，"你对我微笑着，沉默不语，我觉得，为了这个，我已等候很久"。

南风知我意，北月寄余情

1

> 海水梦悠悠，君愁我亦愁。
>
> 南风知我意，吹梦到西洲。
>
> ——《西洲曲》

喜欢那种风雨满楼的感觉。当所有声音和凉意灌进身体，明明摇摇欲坠却又沉迷其中，只有自己感受到的来自神经末端的刺激，哪怕是寒夜也散发着隐隐热意。是用一整天等来喜欢的人回复的消息，是一场早有预谋的街角邂逅，也是突如其来的心跳加快脸颊发烫。

那种小心翼翼却歇斯底里的感情，正是酝酿在风雨欲来的云翳之中。只是，这种感觉好像已经丢失了好久好久。

2

世人都行色匆匆，看起来很忙碌内心却孤独。

以前看电影《独自等待》的时候，只觉得剧情是偏喜剧情节的搞笑。再重温那些剧情时只觉得胸口发闷，这个现代都市背景下的年轻人恋爱故事却莫名触动人心：古董店老板陈文一直渴望拥有一份爱情，而拍内衣广告的陈荣闯进了他的生命，他像个愣头青般使尽法子去追求陈荣。可结局不了了之，陈文在自己书稿的扉页写下：独自等待。

等待，大概是我们最擅长做的事情。不管是否有过刻骨铭心的情感经历，当下的自己只觉得疲惫于周旋，懒得花费时间猜忌和揣摩，更有些时候觉得独善其身才是该做的。

不论你流连于山河还是人间，总会在那么一瞬间被戳到，像是来自灵魂深处的拷问，你所有思想皆是毫无病态发自内心吗？都说从前慢，心意的表达需跨越万水千山，待寄到心上人手中，已是春夏又秋冬。可谁都不觉得烦厌，倒是惹人牵挂。

隔着时空的思念是巴山夜雨歇了又涨，隔着山河的雀跃是西风卷帘烛火摇曳。时间从未加速，是我们内心过于急躁。

有人说，以前喜欢一个人，现在喜欢一个人。其实，不论什么时候我们都适合勇敢出发，万事俱备，只欠那颗愿意敞开的心而已。

3

很多人说单身是一个人最好的增值期。确实，一个人的时候自由自在随心所欲，尽情地花费时间做对自己有益的事情。

可这些年来，我环顾周遭发现，神采奕奕是偶然，形单影只是常态。相同的是，每个人都像是株不断汲取水分的植株，让自己尽可能地饱满圆润，在无尽岁月等待另一株同样饱满的植株。

以前隔壁班有个很优秀的单身女同学，优秀到什么程度呢？她身边所有人都在发自内心地夸赞她，身材好、颜值高、情商高、家境不错、兴趣广泛、学习又好。她从不埋怨自己单身无聊，也不随意接受男同学伸出的爱情邀约。一个真正经营自己的人，是不会有那么多边边角角的想法的，该来的总会在路上。没有过多的矫揉造作，毕业后，她遇到了那个和自己有着相同频率的人。男生看起来是普普通通没有特色，却像宝藏一样惊艳到我们。再后来，两人双双保研，羡煞很多人。

单身的原因各有不同，状态也各有特色。

知乎上有个问题："为什么越来越多的人不愿意谈恋爱了？"

有个匿名回答这样说："因为不想动情，太知道自己的德行。一旦动心，被玩死的一定是我。所以习惯性地压着感情，有好感了就挑着刺把好感压下去。我一个人可以过得很好，充满理性主见。一旦有那么一个人出现，我的所作所为都会被他打乱。正是对爱太渴望才不敢去获得，比起患得患失地去依赖另一人，我更习惯于去适应生活中的各种苦难。"

不知道你是不是这样的状态，我看到这段话的时候沉默了很久。我们都看似坚强，实则内心脆弱。因为敏感多虑，所以小心翼翼，明明患得患失却装作风轻云淡。所以有那么小小的一部分人，选择单身的理由是因为没有勇气开始，不是自己不想，而是不敢。受够了那个遇见爱情就窝囊得不行的自己，也没有多余的热情去耗费精力。数字时代的飞速发展，去中心化成了经济常态。于是人们也越来越活得像自己。

工作不顺心就辞职，恋爱不舒畅就单身。想旅行就去买张票，想交友就下个软件。这一切都太快，也太无奈。

所以，你一边行色匆匆，一边埋怨遇不到良人。

4

冬天是个不讨喜的季节，裹紧棉衣也抵挡不住汹涌而来的寒意。常觉得，冬天就该待在家中，捧一卷画册守着热意融融的暖炉。或是和喜欢的人窝在柔软的床榻，看一部漫长电影，恍惚之中相拥而眠。翻滚着冒泡的火锅，热气腾起时笑看彼此。窗外大雪纷飞，屋内暖意融融。阳光自斜方撒落，将升腾着的尘粒包裹。

张爱玲曾说："于千万人之中遇到你所要遇到的人，于千万年之中，时间的无涯的荒野中，没有早一步，也没有晚一步，正巧赶上了，那也没有别的话好说，唯有轻轻问一句：

哦，你也在这里吗?"

　　当你看到这些文字的时候，我希望你能懂我所有深意。不必纠结当下的自己，也不必纠结以后。把该过好的日子过得坦坦荡荡，把该经营的生活打理得井井有条。该沉淀时好好修炼，该主动时撒丫子去追。拒绝自己不喜欢的是理所应当，被喜欢的人拒绝也是人之常情。收起你熬夜晚睡的矫情和被焦躁填充的玻璃心。什么爱情良人，该来的会来，想逃的也逃不掉。相信会有那么一天，有个人言笑晏晏地问你:

　　"你是如何一步步来到我身边?"

　　"南风知我意。"

　　"意在何为?"

　　"北月寄余情。"

　　"情为何物?"

　　"为风，为月，为你。"

荒唐半生力挽温存，终究低眉留余恨

1

在网上看到一个帖子。女生说，刚和谈了四年的男朋友分手，一个月不到，他结婚了。四年的等待，终究抵不过一个合适的相亲。

有些东西的存在就是很奇怪，无法物化，无法形象，年轻的时候，你一腔热血，觉得这世上没有什么东西是努力得不来的，你压根不相信，有人毫不费力就被你爱上，有人会残忍到离开时也悄无声息，有人是你哭着喊着也挽不回来的。有人只是虚张声势一场。

收到一条私信，名字叫影的姑娘说："九月的北方姑娘你好呀，不知道有没有缘分给你讲讲我的故事。"

我回道："说来听听。"

她像是要给自己留下修复情绪的空隙，整个故事分了三天发给我，累计起来足够一篇文章的长度。

影刚毕业工作的时候在公司里遇到了个男孩是她喜欢的类型，男生刚好有些恋爱经历，也懂得如何讨女生欢心，在影看来，男生有野心有计划，虽然刚入社会现实有些残酷，但男生身上这股子劲儿打动了她。

影的恋爱经历比较少，本来是准备答应之前追求她的一位学长，但爱情这东西，有时候抱着试一试的心态不见得会有什么好结果。而此时遇见的男生，让影觉得遇到了爱情，几乎没有考虑，影开始接受男生的好意。但后来影使尽浑身解数也没能挽留男生。

影准备换份工作，回了家乡重庆后，男生说武汉的冬天很冷，他很想她，于是影在圣诞夜连夜赶了过去，后来，男生又想创业，影把仅有的存款都给了他。爱一个人，大概是最甜蜜又卑微的时候，一边肯定彼此一边又怀疑自我。可男生最后还是选择了离开，删了微信，拉黑电话号码，借口有很多，依然爱她，但觉得不能耽误她。影说，我不觉得自己遇到了渣男，但我真的已经放下他了。

如果说，影一腔孤勇奔赴爱情的模样有些让人心疼，很多错的人无疑是在消耗我们的感情，到头来，遇到了真正值得的人，自己倒又畏缩起来。

2

大力说，他喜欢胖妞，没有停过。从初中到现在一直喜欢，收到胖妞结婚请柬的那天，他喝了很多的酒，问我，忘不了怎么办？

　　大力最终还是去了胖妞的婚礼，但没进去，在办婚礼的酒店对面的一家小酒馆，听见礼炮响起，熟人入场，婚车停下，她和他的背影被挤在人群里。从那刻起，他连最后一丝对他们之间感情的奢望也破灭了。

　　大力和胖妞在初中时是同桌，胖妞一点都不胖，反倒是因为太瘦了，大力想让她长胖点就喊她胖妞。初中时期的情感懵懂而美好，做情侣之间该有的亲密的事情，但彼此还不懂得肯定这种关系。

　　胖妞的早餐奶有一半是下了大力的肚子，每天记作业的小纸条都会备一份给大力，周末在家无聊就喊大力陪她去滑冰，大力的外套是胖妞课间休息的抱枕，他挺直了背为了给她打掩护偷吃小零食。后来读高中，两人分开了班级，但依然在一个学校，大力和胖妞确定了关系，可两人就这样差一点从校服到婚纱，却在大学期间终止了。大力读的三年制，已经筹划好了一份不错的工作，胖妞晚他一年毕业，两人都已经见过了彼此的父母，这时候觉得，走在一起应该是水到渠成的，起码父母都挺满意。可胖妞成绩不错，就在大三那年准备着出国，这是大力万万没有想到的，两个人挺过了异地，现在又面临着异国。很坚固的感情，却没能挺过这些物化的东西。大力始终记得胖妞那时哭着和他说，那是她目前最好的出路。大力再没谈女朋友，直到现在，听到了胖妞回国办婚礼又打算定居国外的消息。

　　大力不是没想过解决的办法，他也尝试着去考试，没有通过，他托人帮他找份工作，但因为英语口语不过关又没成功，他让她留下来，说可以帮她一起在国内发展，胖妞说自己是英语专业，有了出国的机会很难得。

其实，总有些感情是我们觉得应该了，但又会出现很多可能。最怕的，是一个以理性的态度离开，另一个却在感性中始终无法放开。

曾经费力讨好的人，费力挽回的爱情，终究还是擦肩而过了。

3

我想起很多年前看舟舟的书时她写道："年轻时，你做了一个决定，要将生命献给爱情。后来，你没死，年轻替你抵了命。自以为为了爱情可以牺牲生命的人，到最后发现自己除了逝去的青春什么都没有得到，猛然回头发现身后空无一人。"

破裂了的东西可以修复，但感情似乎并不见效。总有些人要留在过去，我们用尽全力奔赴，也未能如愿。

有些人出现的时机是很重要的，在你力求安定的时候，却遇见了想要流浪四方的人，即使你再美好再优秀，也是无法在一起的，而有些人的出现，恰逢其时，短短的时间就抵了你们那段长久难忘的岁月。你总会哭着删掉那个一直舍不得删除的人，从此聊天记录为零。

不论是相遇还是相忘，这期间都不能称之为浪费，那些我一步步走向你和忘记的时间，都是真诚且用力。没有人去听你力挽温存的过往，时间只会告诉我们那些都是空留余恨的荒唐。可那些镌刻在旧时光的过往，是真的明媚温暖，照亮了那段日子和两个孤单的相互依存的灵魂。

就像歌里唱的一样：总有人毫不费力就被你爱上，就像我不顾一切地爱上你一样。

而彼时的我也不会太荒凉。

尘世多悲欢，愿你有人常伴

1

　　人越长大，就会明白，越是稀缺的相处方式，越值得被厚待。成年人的人际关系可以用油腻来形容，那种看起来热情熟络的态度下，总会藏着不可言说的心思，客套是礼貌，登门是有事，热情是虚伪，冷漠是事实。

　　见多了虚与委蛇，人与人之间也就心照不宣了。而那种可以纯粹到不需要介质就能直达灵魂的感情，大概只能在年幼时遇到，这城市喧器，人声吵闹，我们总需要有一方净土存放本真，需要那么一个人，安放最真实的自己。

　　异地的友情其实远比异地的爱情来得脆弱，因为只要有一方陷入了事业或爱情，这段友情就开始变得疏离，如果再加上双方当事人不善打理，最后就真的变成了最熟悉的陌生人。

　　这大概是每个人都要经历的，成年后会有那么一部分朋友在渐渐远离，从最初的无话不谈，到最后你不知道她谈了个什么样子的对象，找了份什么样的工作，最近忙不忙，甚至偶尔聊起天来都是客套的："哎呀，怕你最近忙不敢打扰你。"

可不知道你会不会明白，成年后的友情，最需的就是打扰。

还有一种关系，是风都无法遣散的。无论过了多久，你们都能把酒言欢，能无话不谈。

自从忙毕业以来，我和潇潇的聊天几乎没有顺畅过，往往是我在一大早发了消息给她，凌晨才收到她的回复，或者我午夜发给她，她隔一天给我打来了电话，这种没有秒回的聊天状态，却让我们之间备感舒适。

认识潇潇是在高中时候，我们都是那种要么不认真，要是打定主意了就一定会真诚且正直地重视这份感情的人，如今笑谈起来，我们之间似乎已经模糊了友情和亲情的界限。

前几日潇潇说她定下了工作，让我有空要去找她。不论是她的感情还是事业，我是看着她一步步走来的，十足不易，也弥足珍贵。我们都是那种把彼此放得高于一切的人，也知道在这茫茫人世，陪伴是多么柔软而深情的存在。

依然是感性的人，却不再随意为一句"多联系"而掉眼泪，大多数时候，成年人之间的关心是"有我在"，而不是"常联系"。真正赤诚的感情，是哪怕联系很少也熟稔依然。

洁仔从广东实习回来后找我约饭，见面第一感觉是这丫头变化不小，懂得穿好看的小裙子化淡妆，还嚷嚷着要打耳洞，我笑她像20世纪70年代下海归来的年轻人，比我潮十八倍。

我和洁仔的相处用两个字形容就是"舒服"，不是时下形容的那种三观相同的舒服，是两个人在某些地方独具特色但又在一些事情上观念相通。她要去看《调音师》，还未了解这是部什么电影的我第一句话是："好。"

电影院离学校不远，两人打算骑共享单车去，谁知道绕了宿舍楼两圈都没找到，急性子的我让她快退票，慢性子的她绕到食堂找了一辆，两人风风火火地赶到电影院的时候，电影刚开场，匆匆忙忙的两个人什么饮品都没买，她却从包里拿出准备好的酸奶。

洁仔就是这样一个人，看起来是个没心没肺懒懒散散的姑娘，骨子里比谁都细腻，多年前我决定好好和她走下去的那瞬间也是因为她的这种特质。

后来我遇到过很多好女孩，或是漂亮夺目，或是善解人意，但再也没有人走进我心里，我们曾在年幼时候种下的感情，哪怕它劣迹斑斑但终究是无可替代的。

我特别期待有那么一些人的存在，意义并不在于她能给我带来什么价值，而是她曾经陪伴我走过很远的路并且一直都在，她见过最本真的我，懂我所有心思，不管如今的我混得多么惨或多么风生水起，在她那里，我就是我，喜欢在深夜撸串配啤酒的我，性子毛躁爱碎碎念的我，见了美好事物就走不了道儿的我。

在微博看到一个姑娘发的一条动态，她放了和自己多年好友的照片说，十年前和十年后的我们，从未改变。

《你的名字》里有这样一段剧情，立花泷穿越到三叶的身体中，预感到了彗星即将到来，他四处奔跑告诉镇子里的居民快点逃离到学校操场，可大家谁都不相信，而这时三叶身边的敕使和小早耶只说了一句："我相信你说的是真的。"

我始终觉得一个人无论走了多远的路，一定要心怀最本真的自己，要珍惜那个半夜从被窝里爬出来陪你喝酒的兄弟，那个愿意为了见你不远万里的人，那个你有困难他不问缘由就帮助你的人。

这尘世纷纷扰扰，悲欢向来无常，我们见过了太多互取所需的人，却很难遇到毫无图谋的人，互诉衷肠很容易，互为人间却很难。

愿你这一生有长风相伴，丈量土地，也有知己作陪，回味人间。